ちくま学芸文庫

# 漢文の話

吉川幸次郎

JN285412

筑摩書房

目次

上篇



下篇

# 漢文の話

# 上篇

# 第一　はじめに

われわれの祖先は、漢文を愛した。ずっといつの時代でもそうであったわけではない。もっとも高潮したのは、江戸時代であって、伊藤仁斎《じんさい》、荻生徂徠《おぎゅうそらい》など、第一流の大家を筆頭にして、ひろい範囲の武士また町人の、教養であった。

高潮は、明治の漱石、鷗外、露伴、藤村、花袋、啄木に及んでおり、大正と昭和では、荷風、芥川龍之介に、顕著である。

漱石について印象的なのは、その「文学論」の序に、次のようにいうことである。

……余は少時好んで漢籍を学びたり。之を学ぶこと短かきにも関《かか》らず、文学は斯くの如き者なりとの定義を漠然と冥々裏に左国史漢より得たり。ひそかに思ふに英文学も亦かくの如きものなるべし、斯《かく》の如きものならば生涯を挙げて之を学ぶも、あながちに悔ゆることなかるべしと。余が単身流行せざる英文学科に入りたるは、全く此幼稚にして単純なる理由に支配せられたるなり。

文中に見える「左国史漢」とは、「左伝」、「国語」、「史記」、「漢書」であって、いずれも漢文の歴史書の文章の、古典である。

つぎに漱石は、英文学が、漢文と必ずしも内容を同じくしないことを発見して、それに苦しんだことを述べたうえ、まずいう、

……翻《ひるがへ》つて思ふに余は漢籍に於て左程《さほど》根底ある学力あるにあらず、然も余は充分之を味ひ得るものと自信す。余が英語に於ける知識は無論深しと云ふ可からざるも、漢籍に於けるそれに劣れりとは思はず。学力は同程度として好悪のかく迄に岐《わ》かるゝは両者の性質のそれ程に異なるが為めならずんばあらず、換言すれば漢学に所謂《いわゆる》文学と英語に所謂文学とは到底同定義の下《もと》に一括し得べからざる異種類のものたらざる可からず。

漢文と英文学と、両者の性質が、漱石のいうほど異なるかどうかは、別の問題として、その英語の知識が、漢籍のそれに劣れりとは思わず、というのは、漢籍における学力が、「左程根底あるにあらず」という謙遜にもかかわらず、実は「根底ある」、しっかりしたものであったことを、暗に語っている。

そうして「文学論」には、しばしば漢詩の引用がある。第一編第二章、文学的内容の基本成分、㈣嗅覚の条に、

日靜重簾透
風淸一縷長

と、何か香を詠じた五言律詩の一聯を引くのは、

日静かにして重簾《ちょうれん》に透《とお》り
風清くして一縷《る》長し

と読む。「重簾」は重なった簾《すだれ》、もしくは、のれん。この詩、出所を知らない。

また、大きいF、それはおそらくfocus impressionの略であり、しからば焦点的印象または観念であるが、それと小さなf、すなわちそれに附着する情緒との、結びつきの例として、

出自北門
憂心殷殷
終窶且貧
莫知我艱
已焉哉
天實爲之
謂之何哉

というのは、「詩経」からの引用であって、「邶風《はいふう》」、「北門《ほくもん》」の詩の、第一のスタンザである。漱石はおそらくそれを、

北門自《よ》り出づれば
憂心殷殷《ゆうしんいんいん》
終《つい》に窶《く》にして且つ貧《ひん》
我が艱《なや》みを知る莫《な》し
已《や》んぬる哉《かな》
天実に之れを為す
之れを何とか謂わん哉《や》

と、読んだであろう。詩の解釈は、私の「詩経国風 上」（岩波、中国詩人選集）に見える。もっとも私の本では、漱石が用いたであろうような伝統的な読み方よりも、やや柔らげた読み方をしている。

また、漱石が漢詩文のよい読者であったばかりでなく、みずからも漢詩漢文のすぐれた作者であったことは、私がかつて「続人間詩話」（岩波新書）で説いたごとくである。もう一度そこにあげた七言律詩をあげれば、遺却新詩無處尋。
嗒然隔牖對遙林。
斜陽滿徑照僧遠
黃葉一村藏寺深。
懸偈壁間焚佛意
見雲天上抱琴心。
人間至樂江湖老
犬吠鷄鳴皆好音。

これは漱石自身の読み方としては、おおよそ次のごとくであったろう。

新詩を遺却《いきやく》して　尋ぬるに処無し
嗒然《とうぜん》と牖《まど》を隔てて　遙林《ようりん》に対す
斜陽　径《けい》に満ちて　僧を照らすこと遠く

黄葉《こうよう》　一村《そん》　寺を蔵《ぞう》して深し
偈《げ》を壁間《へきかん》に懸《か》くるは　仏を焚《や》く意
雲を天上に見て　琴を抱く心
人間の至楽　江湖に老ゆ
犬吠《けんばい》　鶏鳴《けいめい》　皆《み》な好音《こういん》

私の本では、より間のびした読み方にしているのは、目で読む読者の理解の便利を考えてである。

なお、七言律詩とは、いうまでもなく一行七字の八行定型詩である。だからまず、右に○を附したように、尋ジム、林リム、深シム、心シム、音イムと、定型どおり脚韻を踏むのをはじめ、毎行の中の韻律《ミーター》すなわちいわゆる平仄《ひょうそく》の配置も、きちんと定型に従っている。平仄とは、その字を中国の原音で読めば、それぞれの字が固有するアクセントの形態であって、うち「平《ひょう》」とは平らかなアクセントに発音される字、たとえばこの詩の第一行、遺却新詩無処尋、についていえば、遺、新、詩、無、尋の諸字である。また「仄《そく》」とは重く仄《かたむ》いたアクセントに発音される字であって、右の行では、却、処が、それに属する。つまり遺却新詩無処尋は、中国音で読めば、遺却新詩無処尋となる。また第二行は、嗒然隔牖対遥林となる。律詩すなわち定型詩は、句中の平仄、つまり抑揚の韻律を必ずこのように配置しなければならないのであるが、漱石はそれにちゃんと従っている。漱石はべつに中国音を知っていたわけでない。漱石ばかりではない、過去の日本の漢詩人のおおむねは、みな知らなかったのであり、ただ徂徠その他のみが、少数の例外であった。どの字が「平」、どの字が「仄」と、中国人ならば耳で判定し得る。日本人ではそうはゆかないのに、どうして会得したかといえば、この字は「平」、この字は「仄」と、いちいち、約束として、おぼえたのである。その労苦、熱心、中国人の驚歎するところである。

漱石の漢詩ばかりでなく、その漢文の優秀さにも言及すれば、いまわれわれが全集で見うるのは、安房の海浜への紀行「木屑録《ぼくせつ》」一篇にとどまるが、こころみにその書き出しを写せば、

余兒時誦唐宋數千言、喜作爲文章、或極意彫琢、經旬而始成、或咄嗟衝口而發、自覺澹然有樸氣、竊謂古作者豈難臻哉、遂有意于以文立身、自是遊覽登臨、必有記焉、

余児時《じじ》唐宋の数千言を誦し、文章を作為するを喜ぶ。或いは意を極めて彫琢《ちょうたく》し、旬《じゅん》を経て始めて成る。或いは咄嗟《とっさ》に口を衝《つ》いて発し、自《み》ずから澹然《たんぜん》として樸気《ぼくき》有るを覚ゆ。竊《ひそ》かに謂《おも》えらく古《いにしえ》の作者も豈臻《いた》り難からん哉《や》と。遂に文を以って身を立つるに意有り。是れ自《よ》り遊覧登臨、必ず記有り。

いおうとすることは、私は子供のころから、唐人《ひと》宋人《ひと》の数千字の文章を暗誦し、それを模範として漢文を作るのが好きであった。ある場合には一生懸命にねりあげ、十日ばかりもかかってやっと完成した。ある場合にはとっさに口さきから飛び出したのを、かえってあっさりと素朴であると感じた。ひそかな自負として、古代の作者だって到達に困難であろうかと、そう考え、かくて文章で身を立てる気もちを抱いた。それ以来、どこかへ遊びに行き、山に登り、水を前にするたびに、紀行文を作った。というのであるが、それを漢文として右のように表現している。文法的な誤りがないばかりでなく、後にしばしばふれるように、漢文はリズムが大切であるが、日本語の訓読としてのリズムが大へんよいばかりでなく、中国人に見せて、中国音で読んでもらっても、高い評価をうるであろう。明治の漢文としてもっともすぐれたものの一つであり、同時の漢学専門家でも、これだけの筆力は普遍でなかったと思われる。高等学校の漢文の教科書に、採録したものがないよしであるのは、ふしぎである。

鷗外、露伴も、漢文に堪能であったことは、周知のごとくである。丹念な鷗外は、バイロンの劇詩マンフレッドの一節を、漢訳するのに、その平仄を英語の原詩のミーターにあわせている。

波上纖月光糾紛
螢火明滅穿二碧叢一
宵暗燐碧生二古墳一
陽炬高下跳二澤中一
星墜如レ雨光疾二於電一
梟唱梟和孤客驚顫
殘月斜射千壑陰
風死林木渾絕レ音

正是威力加汝時
靈咒無假誰脱羈

波上の纖月は光　糾紛（ひかりきゅうふん）
螢火明滅して碧叢を穿つ（けいかへきそうが）
宵は暗くして燐碧古墳に生じ（よう）（へきちゅう）
陽炬高下して沢中に跳る（ようきょこうげ）（たくちゅう）（おど）
星は墜ちて雨の如く　光は電よりも疾し（いなずま）（はや）
梟は唱い梟は和して　孤客は驚顫す（うた）（せんがくくも）（けいせん）
残月斜めに射て千壑陰り（せんがくくも）
風死して林木渾べて音を絶つ（す）
正に是れ威力汝に加わる時
霊咒も仮（か）無く　誰か羈を脱せん（れいじゅ）（き）

原詩は次の如くである。

When the moon is on the wave,
And the glow-worm in the grass,
And the meteor on the grave,
　And the wisp on the morass;
When the falling stars are shooting,
And the answer'd owls are hooting,
And the silent leaves are still
In the shadow of the hill,
Shall my soul be upon thine,
With a power and with a sign.

(Lord Byron : Manfred, act I, scene I.)

藤村が、唐の杜甫の詩をもっとも愛読したことは、「桃の雫」に収めた「杜子美」の一文に見える。

わたしはまだ信濃の山の上の方にゐて、千曲川のスケッチなどをつくつてゐた頃のことであつた。当時小諸義塾の塾主であつた木村熊二翁がこの詩をわたしに示し、特にその中の『叢菊両開他日涙、孤舟一繋故園心』の二句を指摘して、いかにこの詩の作者が心の深い人であるかをわたしに言つて見せた。それが日頃自分の愛読する杜詩であつたといふことにもわたしは心をひかれ、これを示した木村翁が自分とはずつと年齢も違へば学問の仕方もまるきり違つてゐることにも心をひかれた。わたしは自分と同じ杜詩の愛を思ひがけないところに見つけたやうな気がして、それからは『秋興《しゅうきょう》八首』を読み返して見る度によく翁の生涯を思ひ出す。

藤村の「千曲川旅情の歌」の終聯二句、

ただひとり岩をめぐりて
この岸に愁を繋《つな》ぐ

それが、右の文中に見える杜甫の「秋興八首」の句、孤舟一繫故園心、孤舟《こしゆう》一に繫《つな》ぐ故園の心、から出ることは、近ごろ黒川洋一君が考証するごとくである。黒川君の説は、「中国文学報」第十六冊に見える。藤村のこの句の出典を、杜詩以外に求める人もあるが、臆説をまぬがれない。

また田山花袋も、なかなか漢文通であり、「唐宋八家文」のうち、宋の曾鞏《そうきよう》の文章は、その地味さの故に、あまり人の読まないものであるが、分析的な文章であり、現代の日本文を書く人にも示唆を与えるであろうという随想を、何か雑誌に書いていたのを、数十年前、まだ私が中国文学の専門家とならぬころ、読んだ記憶がある。いま専門家として考えてみても、彼の直感、少くとも曾鞏の文章についての評価は、正しいように思われる。

啄木もまた白楽天、杜甫への関心を、その日記の中に示す。明治四十一年の日記にいう。

九月二十六日
白楽天詩集をよむ。白氏は蓋《けだ》し外邦の文丈にして最も早く且《か》つ深く邦人に親炙《しんしや》したるの人。長恨歌、琵琶行、を初め、意に会するものを抜いて私帖に写す。詩風の雄高李杜《りと》に及ばざる遠しと雖《いえ》ども、亦《また》才人なるかな。

九月二十七日
日曜日。午後並木君久米井君を伴ひて来る。白詩に親む。共に琵琶行を吟じて花明君の眼底涙あるを見、憮然《ぶぜん》として我の既に泣くこと能《あた》はざるを悲む。

暮天秋雲迥。惆悵故園心。幼時母に強請して字を書かしめたることを思出でて、客思泣かむと欲す。涙流れず！

一身為軽舟。悲秋常無銭。自称不孝児、苦思強苦笑!!!

九月二十九日
早く起きた。森先生から歌会の案内のハガキ。その返事と吉井君とへ葉書を出した。

杜甫を少し読む。字々皆躍つてる様で言々皆深い味がある。無論楽天などと同日に論ずべきものではない。これに比べると、白は第三流だ。

小説をかき初めようと思つたがかけなかつた。

夜、碧海君が来て詩談。

明日は晦日だと思ふと、心は何かしら安からぬ。此日は一日雨。

うち、暮《ぼ》天秋《てんしゅう》雲迥《うんはる》かに、惆悵《ちゅうちょう》す故園の心、出処を知らない。一身軽舟《けいしゅう》と為る、秋を悲しみて常に銭無し、自ずから不孝の児と称す、苦思し強いて苦笑す。これは自作であろうが、脚韻をふんでいないから、正格の漢詩になっていない。日記の中にふと書きとめたものであり、人に示すつもりはなかったであろう。はじめの句、一身為軽舟は、唐の常建《じょうけん》の句を借る。

荷風がその家庭の環境から、早く漢学の教養をもったことは、「下谷叢話」などに詳しい。彼の母の父は、幕末の漢学者であり、明治政府に仕えた鷲津毅堂《きどう》である。また父なる永井禾原《かげん》は、官吏、実業家であるとともに、漢詩集「来青閣集」があり、大沼枕山《ちんざん》、森春濤《しゅんとう》など、幕末明治初の漢詩の大家の流れを汲む人物であった。荷風の漢文読書力が、漱石ほどであったかどうかを、詳らかにしないが、漢詩はその一生を通じて、作りつづけられている。たとえば、大正十五年の日記に、

四月六日　歌舞伎座楽屋松莚子の部屋、この程床の間戸棚などすべて造作を新に

せし由。地袋の小襖《こぶすま》白紙鶏の子にて張りたるを松莚子自ら筆を把《と》つて木母寺河上の景を描き予に題賛を需めらる。苦吟すれど好句を得ず。初潮や芦の絶間を鉦の声。木母寺に歌の会あり秋の風。傘さして鐘きく門や春の雨などいづれも思はしからず。遂に七絶を題す。十里長塘望欲迷。傷春重過断橋西。王孫冢上蘼蕪雨。一路残鶯抵死啼。これとて同じく陳腐人に示すべき作にあらず。此日空くもりて風冷なり。

松莚子《しょうえんし》は、先代市川左団次である。木母寺《もくぼじ》は、向島にあり、謡曲「隅田川」の梅若丸をまつるという。「七絶」は七言絶句。すなわち七字一句の定型四行詩であって、次の如く読む。

十里の長塘《ちょうとう》　望み迷わんと欲す
春を傷《いた》みて重ねて過ぐ断橋《だんきょう》の西
王孫の冢上《ちょうじょう》　蘼蕪《びぶ》の雨
一路の残鶯《ざんおう》　抵死《ていし》して啼く

「王孫」はいうまでもなく、梅若丸。「冢」の字は塚とおなじ。「蘼蕪」は植物の名、おんなかずら。「抵死」は死にもの狂い。なかなか上手である。七言絶句のおきまり通り、迷《めい》、西《せい》、啼《てい》、と韻をふみ、一句の中の平仄のととのっていること、またいうまでもない。もう一条あげれば、

四月廿一日　新聞紙の報道に狂風吹つゞくこと猶両三日に及ぶべしと。午後　戯《たわむれ》に敝廬《へいろ》偏奇館の図を描き昨日裳川先生の添削を経たる拙詩を題す。卜宅麻渓七値秋。霜餘老樹擁西楼。笑吾十日閒中課。掃葉曝書還曬裘。

裳川《しょうせん》先生とは、漢詩人岩渓《いわたに》裳川であって、荷風の漢詩の先生であった。

宅を麻《ま》渓《けい》に卜《ぼく》して七たび秋に値《あ》う
霜余《そうよ》の老樹　西楼を擁す
笑う吾が十日閒中の課
掃葉《そうよう》曝書《ばくしょ》還《ま》た曬裘《さいきゅう》

「麻渓」は麻布の谷を唐《から》めかしていい、「霜余」は霜のあと。「閒」の字は閑と同じ、「課」は仕事。それは庭のおち葉の掃除、書物の虫干し、それから外套の虫干し。秋《しゅう》、楼《ろう》、裘《きゅう》が、韻である。

彼が「小説作法」の中で、文章をうまくするためには、漢文をやって見よと、いうのも、印象的である。

東京市中自動車の往復頻繁となりて街路を歩むに却て高足駄の必要を生じたり。古きもの猶捨つべきの時にあらず。日本現代の西洋摸倣も日本語の使用を法律にて禁止なし、これに代ふるに欧州語を以てする位の意気込とならぬ限り此国の小説家漢文を無視しては損なり。漢字節減など称《とな》ふる人あれどそれは社会一般の人に対して言ふ事にて小説家には当てはまらず。凡《およ》そ物事その道々によりて特別の修業あり、桜紙にて長羅宇を掃除するは娼妓の特技にして素人に用なく、後門賄賂をすゝむるは御用商人の呼吸にして聖人君子の知らざる所。豆腐々々と呼んで天秤棒をかつぐには肩より先に腰の工《ぐ》合《あい》が肝腎なり。仕立屋となれば足の拇指を働かせ、三味線引となれば茶椀の底にて人さし指を叩いて爪をかたくす。漢字は日本文明の進歩を阻害すと言ひたければ云ふもよし、在来の国語存するの限り文学に志すものは欧州語と併せて漢文の素養をつくりたまへ。翻訳なんぞする時どれほど人より上手にやれるか物はためしぞかし。

もっとも明治の人人の漢学も、万能ではない。漱石の友人である正岡子規も、相当である。たとえば明治二十五年、木曾に遊んでの七言律詩の連作、「岐蘇雑詩三十首」、このころみにその第一首をあげれば、

群峰如劍刺蒼空
路入岐蘇形勝雄
古寺鐘傳層樹外
絶崖路斷亂雲中
百年豪傑荒苔紫
萬里河山落日紅

欲問虎拏龍闘跡
蕭蕭驛馬獨嘶風

群峰　剣の如く　蒼空を刺《さ》し
路《みち》は岐蘇《きそ》に入りて　形勝雄なり
古寺の鐘は層樹の外に伝わり
絶崖の路は断つ乱雲の中
百年の豪傑　荒苔紫に
万里の河山　落日紅《あか》し
虎拏竜闘《こだりゆうとう》の跡を問わんと欲すれば
蕭蕭《しょうしょう》たる駅馬独《ひと》り風に嘶《いなな》く

やはり大へん上手である。「百年の豪傑」は、木曾義仲をさす。
しかし次の西行法師を詠じた五言絶句には、おかしなところがある。

雲水絶塵縁
懶加弓馬列
斯心可比何
富士千秋雪

雲水　塵縁を絶ち
弓馬の列に加わるに懶《ものう》し
斯《こ》の心を何にか比す可《べ》き
富士の千秋の雪

第三行の「可比何」は、文法的に誤りであって、かく「何」の字が下に来る習慣は、漢文にない。「何可比」というべきところを、ついうっかりしたのであろう。しかし偶然目についた子規の例をあげたのは、いわば毛を吹いて疵《きず》を求めるものであって、前世紀末から今世紀初へかけての人人の、漢文への興味なり能力は、一つの高潮にある。はじめにもいったように、過去の日本人が、いつの時代でもそうであったのではない。平安朝末から鎌倉へかけては、能力も興味も低下したこと、やや詳しくは、私の「日本の心情」(新潮社)などを、参照されたい。しかし、もっとも近い過去の人人の能力は、以上のごとくであった。

この能力を保持したいという希望が、今も相当にあるように思われる。それらの人たちのために、漢文を読むについての心得、また読まるべき漢文としてはどういうものがあるか、それを説くのが、書物のおもな部分である。原則として、もっぱら狭義の「漢文」、すなわち中国の文章語で書かれた文章のみを説き、漢詩に及ぶことは少ない。詩について、私は別に、「新唐詩選」、同続篇、「人間詩話」、同続、(以上いずれも岩波新書)、「詩経国風」、「宋詩概説」(いずれも岩波中国詩人選集)、「杜甫私記」(筑摩書房)、「陶淵明伝」、「杜甫ノート」(いずれも新潮文庫)その他を、書いてきた。しばらくそれらにゆずる。

## 第二　漢文を読む心得のはじめ

漢文を読む心得のはじめとして、まず二つのノイローゼから脱却することが望まれる。ノイローゼの一つは、見なれない漢字が、ふんだんにとび出すこと、それからおこるそれである。たとえば漱石の詩の第一行、

遺却新詩無處尋
新詩を遺却して尋ぬるに処無し

これはよいとして、第二行、

嗒然隔牖對遙林

嗒然《とうぜん》と牖《まど》を隔てて遙林に対す

嗒の字、牖の字は、見なれない字である。嗒が放心の形容であり、牖が窓の同義語《シノニム》であるという知識は、字引きを引くか、注釈を見るか、そうした手続きを経て、はじめて獲得されるように思える。こうした見なれない字が、何千何万ととび出すとすれば、事柄は大へんである、そう考えることによっておこるノイローゼである。

事柄は部分的には事実であり、部分的には無用の恐怖である。漢文はむろん漢字ばかりで書かれている。そうして漢字は表音文字でなく、表意文字であるから、一概念ごとに一つの字を用意する。少くともそれが原則である。上方にひろがる存在をテン、中国の原音では tiān と呼べば、そのために天という字形が用意され、われわれがのっている存在を、チ dì と呼べば、それに対する字形としては地、それをまた別の形でド tǔ と呼べば、土、そのもりあがったものをサン shān と呼べば、山、また地上を流れる水をセン chuān と呼べば、川、川のうち中国北方の大きなものをカ hé と呼べば、河、南方の大きなものをコウ jiāng と呼べば、江、山のうちとんがったものをホウ fēng と呼べば、峯、山の大きなものをガク yuè と呼べば、岳、地上を人間があるくことをコウ

xíngと呼べば、行、人間の一般の行為をもおなじ言葉で呼べば、やはり、行、行為の将来における必然をヒツ bìと呼べば、必、行為の完了をキ jìと呼べば、既、別にまたそれをイ yǐと呼べば、已、という風に、万般のもの、事がら、心理の状態の、一つ一つに対して、ことなった一つずつの字形が、用意されるという体制が、すくなくとも原則としてある。あるいはまた、おなじくすでにという概念に対するように、既《キ》、已《イ》、と二つの言葉、したがって二つの字形が、用意される場合がある。窓《ソウ》、牖《ヨウ》、が二語であり、すなわち二字であるのも、おなじ関係である。更にまた同義語すなわち同義字は、二つにとどまらないことも、しばしばである。しからば漢字の総字数は、一そうふえる。アルファベット二十六字、カナ五十音のごとくにはゆかぬ。このことは儼然たる事実であり、「漢字の運命」である。「康熙字典」には四万字余を記録するといい、最近の「諸橋大漢和辞典」は、四万九千余の漢字を収める。しかし四万の漢字が、漢文に全部使用されると考えるのは、ノイローゼである。人間の思考は無限に分裂するけれども、表現の方法には飽和点がある。実際に漢文に使われる字は、五千字内外である。たとえば「論語」の使用字数が一五一二字であるのは、少い方の例であり、杜甫の詩の使用総字数が四三九〇字であるのは、多い方の例である。このこと、より詳しくは、私の雑文集「雷峰塔」（筑摩書房、二二三頁）参照。かく実際に使われる字数が多くも五千であることは、英語の常用語数が一万以上であるのの半分であり、一つの対比を作りそうである。むろん漢字の一字と、英語の一語とは、性質を全然おなじくはしない。しかしなお一つの対比たるを失わない。

のみならず、これら見なれない漢字は、いちいち字引きを引き、注釈を見なければ、意味がつかめないというわけのものではない。私自身の経験を語れば、漢文を読むばあい、字引きをひくのは、少くともひきすぎるのは、必ずしも賢明でない。たとえば、漱石の句、

嗒然隔牖對遙林
嗒然と牖を隔てて遙林に対す

についていえば、牖が窓の同義語であることは、字引きなり注釈にたよらないと分らないかも知れない。少くともさいしょのうちは、そうであるであろう。しかし嗒然が、放心の状態であることは、この句をよく読めば、直観でつかめないでない。漢文を読む

には、こうした直観を養うことが、甚だ大切である。そうこうするうちには、牖が窓の同義語であるということさえ、前後の字なり句との関連から、直観で想像され、想像した結果を、字引きをひいてたしかめる、というふうな芸当が、だんだん可能になる。

いよいよ妙な、かつ口はばったいことをいうようであるけれども、人人の参考として語ることを許されるならば、私は「百事人に如《し》かない」。他の才能については、人さまのようにゆかず、あまり自信がない。ただし中国文を読むことだけは、現代の水準では、国内国外を通じ、自負をもってよいと考える。私は初学であった短い時期、一しょうけんめいに字引きを引き、以後はほとんど字引きを引かない。そうして文章の上下をみつめることに専心したのが、私の能力を作ったと考える。「私の信条」(岩波新書)の私の部分参照。

ことわっておくが、そうした方法が、すべての言語にむかって、同様に有効であろう、というのではない。ヨーロッパ語に対し、私の方法は、必ずしも有効でない。しかるに漢文には有効であるのは、中国語には何かそうした特殊な性質があると思われる。何ゆえにそうであるかを、私はまだ分析できないが、「読書百遍、意自《お》のずから通ず」というのは、漢文においては、真理である面を、たしかにもっている。単語の問題についても、五千の漢字にむかって、過度の恐怖をいだく必要はない。

次に、解放さるべきノイローゼの第二は、漢文は「古典」であり、古代の文章である、したがってその文法は厄介であろうというおそれである。そうではない。「論語」や「孟子」を読むことは、少くとも「源氏物語」や「枕草子」を読むほどには、むつかしくない。更にもう一つ少くともを加えれば、少くとも漢文の文法は、いわゆる日本の「古文」の文法よりも簡単である。その点からいって、より読みやすいと思われる。

なぜ自国語であり、千年弱前のものである「源氏物語」や「枕草子」よりも、二千年強前の他国の文章の文法の方が、読みやすいか。少くとも一応は読みやすいか。それは次の理由による。日本のいわゆる「古文」は、今は古文であるけれども、当時における口語である。したがって自然発生的な、理窟ではわりきれない放恣ないい方をふくむ。それを文法として整理すれば、複雑なものとなる。それに対し、漢文はその発生のはじめから、知的に整理された文章語としてあったのであり、一定の法則を意識して書かれている。

紀元前の文献である「論語」、あるいは「孟子」、それらはすでに当時の口語ではない。むろん口語と連関をもちつつも、口語そのままでない。当時の口語がすでにもったであろうところの煩雑さ、それを整理して、より簡潔な形の文章語として、凝集させたものである。そうしてその文法は、せいぜい簡潔な表現をというのを、意識とする。たとえば、他の言語ではおおむねあるテンスの指示が、漢文では省略される。つまり日本語では、来る、来よう、来た、などとなるもの、そうしてそれは中国語でも現代の口語では、来 lái、来罷 lái ba、来了 lái le と表現の方法をもつもの、そうしておそらくは「論語」の時代でも口語ならば何かそうした附加の語によって表現したと考えられるもの、それらを除去して、いずれの場合も、ただ「来」と煮つめ、現在か未来か過去かは、読者の判断にゆだねる。そういった方法である。あるいは「論語」の、

　朝聞道、夕死可矣、

　朝に道を聞けば、夕に死すとも可なり。

は、当時の文章語自体としても、より丁寧ないい方も、可能であったと思われる。たとえば、

如朝聞道、則夕雖死、可矣、

如《も》し朝に道を聞けば、則《すなわ》ち夕に死すと雖《いえど》も、可なり。

と表現して、「如《も》し」の字で「朝に道を聞く」が条件であること、「則ち」の字で「夕に死すとも可なり」が結果であること、また更に「雖も」の字を加えて、「死す」が限定条件であること、それらを示すことも、可能であった。しかしそれをただ、

朝聞道、夕死可矣、

と表現するという煮つめた文体で、すでにあった。句と句との間の関係、あるいは語と語との間の関係、それがたとえば条件と結果であるとき、順接であるとき、逆接であるとき、いずれもおおむねただ語序によって示され、読者の判断にまかされる。故にその文法は簡単であり、常識によって理解される。

そうしてこの紀元前に文章語として成立した文体が、以後ずっと最近に至るまで中国の支配的な文体であった。あるいはまたすなわち漱石の「木屑録」に至るまで、日本の漢文家の文体であった。あるいはまた他の地域では、朝鮮、越南などの漢文家の文体としても、継承されたのである。

それは論理と心理の屈折が、文の表面に現れず、字裏行間にひそむだけに、往往微妙である。微妙な場合の微妙さを、十二分に把握し、分析し、説明することは、専門家になればなるだけ、容易でない。前にいささか自負をのべた私なども、実はそれと格闘しつづけている。

しかし文法の法則としては、簡単なものしかない。面倒なテンスの法則、係り結びの法則、そうしたものはない。むしろ働かせるべきものは直観であり、「読書百遍、意自《おの》ずから通ず」という教えは、ここに至っていよいよ効果を発揮する。

以上のような漢文の性質は、非専門家にとっても、過度の恐怖を生むべきものでない。漱石や荷風のように、みずから巧みな漢詩あるいは漢文を作るまでのことは、それらの天才にのみ許される。しかし、漱石が「余は漢籍において左程根底ある学力あるにあらず、然も余は充分に之を味ひ得るものと自信す」という方向の能力は、日本人が漢字を全く捨てれば別であるけれども、そうでないかぎり、また漱石の程度に至るのは、漱石ならぬ人には困難であるにしても、漱石ならぬ人には漱石ならぬ程度で、到達することさえ、困難であるとして、過度の恐怖をいだく必要は、ないように思われる。

漢文の文法が簡単であり、簡単であるゆえに合理的でさえあることを、実証する例として、われわれにきわめて手近なことがらで、実はわれわれが無意識に、毎日毎日、漢文の文法から恩恵をうけているものがある。数のかぞえ方がそれである。

千二百九十七

これは、他の文明語に比し、もっとも簡潔かつ合理的ないい方である。英語では、one thousand two hundred and ninety seven であり、and という実は不必要な附加物を入れる。フランス語はもっと面倒くさく、mille deux cent quatre-vingt-dix-sept である。いや、もっと簡単な例をあげよう。

十一、十二、十三、十四、

これは、十一、十二、十三、十四をいうのに、もっとも簡潔なそうして合理的ないい方と、やはり思われる。少くとも英語の eleven, twelve, thirteen, fourteen、フランス語の onze, douze, treize, quatorze、ドイツ語の elf, zwölf, dreizehn, vierzehn、よりも、そうである。

ところで、これら数のかぞえ方は、みんな漢文から来たいい方なのである。

普通教育における漢文の時間のふりあいが、問題になっている。時間のふりあいは、他の教科とにらみ合わせて、いろいろ問題があるであろう。その初歩の手ほどきが、普通教育で行なわれることを、私も希望する一人であるが、学校の教育だけでは不充分だとすれば、私のこの本が、漢文を読みたい人の希望に一そう答えることを、私は期待する。

## 第三　漢文の訓読

### 日本語としての処置

では漢文とは何か。いうまでもなく、漢字で表現された中国語の文章である。それは中国人ばかりでなく、日本人、朝鮮人、越南人などによっても書かれている。ただし、あくまでも中国語として書かれたものでなければならぬ。「古事記」、「万葉集」、「吾妻鏡」は、漢字ばかりで書かれているけれども、中国語として書かれたものでないから、漢文ではない。

ところで、かく漢文とは中国語で書かれた文章であるというだけでは、この存在に対する充分な説明でない。それは、中国語で書かれた文章ではあるけれども、中国人が読むように、その本来の発音また語序によって読む場合のことでは、ない。日本語に訳して読む場合のことである。且つその訳し方を「訓読」という法則ある方法による場合を、普通「漢文」と呼ぶ。

たとえば「論語」の開巻第一の部分についていえば、その原文である中国語の文章は、

子曰、學而時習之、不亦説乎、

であるが、それを、

子曰《しい》わく、学《まな》びて時《とき》に之《こ》れを習《なら》う、亦《ま》た説《よろこ》ばしからず乎《や》。

と日本語に訳して読むのをいうのである。あるいはそれを右のように訳し且つ発音する指示として、

子曰《ワク》、学《ビテ》而時《ニ》習《ウ》レ之《ヲ》、不ニ亦《タ》説《バシカラ》一乎、

と、いわゆる返り点送りがなを附加したもの、それをわれわれは普通「漢文」と呼んでいる。なお右の場合の「説」の字は、音エツ、悦とおなじい。

だからそれは中国人の読み方とは、根本的にちがっている。もし右の「論語」の冒頭の部分を、今の中国人が、その標準音であるペキン音で読むのを、ローマ字およびカナで表記すれば、だいたい次のごとくになる。だいたいというのは、中国語の発音は複雑であり、他の言語の表音文字として発生したローマ字やカナでは、なかなかうまく表記されない。しかしとにかく、だいたいを表記すれば、次のごとくなる。

子　曰，　學　而　時　習　之，　不　亦　說　乎，
zǐ yuē, xué ér shí xí zhī, bù yì yuè hū,
ヅ　ユエ，　シュエ　アル　シ　シ　ヂ，　ブ　イ　ユエ　フ，

右の表記は、くりかえしいうが、だいたいである。その音声を完全にとらえるためには、中国語の発音を丁寧に勉強しなければならない。その勉強をしない人が、右の表音をたよりに我流に発音してみても、中国人の読み方にはならない。しかしとにかく、だいたいを示せば右のようになる。

なおまた右は、現代の中国音であり、孔子のころの発音は、この通りでなかったと想像されること、いうまでもない。古代中国音と現代中国音との間には、いろいろな点で差違がある。日本語でたとえれば、現代日本語の「ハナ」が古代日本語では「パナ」であったような差違が、中国の現代語と古代語との間にも、子音、母音、アクセントの面にわたってあることが、古代言語学者によっていろいろと考証されている。十七世紀の顧炎武《こえんぶ》にはじまり、十八世紀の江永《こうえい》、戴震《たいしん》、段玉裁《だんぎょくさい》、王念孫《おうねんそん》ら、清朝《しんちょう》の学者の業績は、もっともはなばなしい。しかしその差違は、古代日本語と現代日本語の間における「パ

ナ」と「ハナ」の差違とおなじく、全然無縁の関係に立つものではあり得ない。孔子のころの発音も、右にあげたローマ字ないしは片カナと、全然ちがったものであり得ないこと、またいうまでもない。

何にしても「漢文」とは、中国文をもとの形のままに読むことではない。唐の杜甫の絶句、すなわち四行詩で、

江は碧にして鳥は逾《いよ》いよ白く
山は青くして花は然《も》えんと欲す
今春　看る又た過ぐ
何の日か是れ帰る年ぞ

そう訓読されるものの原文は、

江碧鳥逾白
山青花欲然

今春看又過
何日是歸年

であり、中国人の読み方を、やはり不完全ながらローマ字とカナで表記すれば、

江　碧　鳥　逾　白
jiāng bì niǎo yú bó
ヂアン　ビ　ニアオ　ユ　ボ

山　青　花　欲　然
shān qīng huā yù rán
シャヌ　チン　ホア　ユ　ラヌ

今　春　看　又　過
jīn chūn kān yòu guò

ヂヌ　チュヌ　カヌ　イオウ　グオ

何　日　是　歸　年

hé　rì　shì　guī　nián

ヘ　リ　シ　グイ　ニェヌ

であるが、そのように読むことではない。なお右の場合の「然」の字は燃とおなじい。詩のくわしい解は、私の「新唐詩選」に見える。

これらの文章なり詩を、中国人の読むように読むことが、日本人にできないわけでは、ない。できる。現に私はそうしている。また私の学生にも、原音でおしえている。そうでないと、詩も文章も、そのパトスにまでわたって把握できないと信ずるからである。

しかし一般の人人にとっては、事がらが別であろう。中国語の発音の複雑さは、一般の教養となることが困難なように、私は思う。少くとも現在の段階ではそうである。一般の人人には依然、訓読が便利な方法であろう。

以下、訓読が原中国文に対して行なう処置、つまり中国文を日本文にするための処置を、略説する。略説であって詳説ではない。

処置は、だいたい四つに帰納される。

第一は、語序の変更である。

たとえば動詞と名詞代名詞がむすびつく場合、中国語では動詞が先行し、日本語では名詞、代名詞が先行する。そのため、さきの「論語」の例でいえば、習之は、習レ之、之れを習う、となる。また漱石の詩の例でいえば、隔牖は、隔レ牖、牖を隔てて、となり、対遙林は、対ニ遙林一、遙林に対す、となり、遺却新詩は、遺ニ却新詩一、新詩を遺却して、となる。無処尋は、かの二行のなかでは、もっとも複雑な場合であるが、無レ処レ尋、尋ぬるに処無し、となる。

もう一つ例をあげれば、中国語の否定の語、たとえば「不」音フ bù、「無」音ブ wú は、否定すべき事態よりも上に来るが、日本語は、……ず、……なし、と逆である。故に漱石の無処尋は、無レ処レ尋、尋ぬるに処無し、となり、「論語」の不亦説乎は、不ニ亦説一乎、亦た説ばしからずや、となる。もう少し「論語」で例をあげれば、その書物の冒頭としてさきにあげた、「子曰わく、学びて時に之れを習う、亦た説《よろこ》ばしからず乎《や》」の次にあるのは、

有朋自遠方來、不亦樂乎、人不知而不慍、不亦君子乎、

であるが、それは、

有レ朋自ニ遠方一来、不ニ亦楽一乎、人不レ知而不レ慍、不ニ亦君子一乎、

朋有り遠方自り来たる、亦た楽しからず乎《や》。人知らずして慍《うら》まず、亦た君子ならず乎《や》。

となる。

ズと訓ずる不、ナシと訓ずる無、ばかりではない。おなじくズと訓ずる弗、ナシと訓ずる勿、莫、靡、微、イマダ……ズと訓ずる未、みな上の方にあるのを、下から返る。なお一つの余談をいえば、それらの語が、不フ bù、無ブ wú、弗フツ fú、勿ブツ wù、靡ビ mǐ、莫バク mò、微ビ wēi、未ビ wèi、と、みな唇音であり、word family であるのは、中国語では音の近い字は、意味も近い、という普遍な現象、それを示す一例である。

単に否定の語ばかりではない。ある行動なり状態について、その状態をいう場合、日

本語では、……したい、……だろう、……できる、……してよい、……しなければならない、……するがよい、と下の方で屈折するが、中国語は、欲……、将……、得……、可……、当……、宜……、と上の方で屈折するのであり、それぞれ、……ント欲ス、将《マサ》ニ……セントス、……ヲ得、……可シ、当《マサ》ニ……ベシ、宜シク……ベシ、などと返る。杜甫の詩の花欲レ然、花然《も》えんと欲す、は、その一例である。不、無など、否定の語が上に来るのも、状態なり行動がゼロの状態にあることを示すものとして、上に位するのである。

その他、自二遠方一の自《よ》りのごとく、従……、由……、以……、因……、与……、為……、毎……、雖……、なども、……従《ヨ》リ、……由《ヨ》リ、……ヲ以ッテ、……ニ因リ、……ト、……ノ為《タメ》ニ、……毎《ゴト》ニ、……ト雖《イエド》モ、と返る。

もっとも返ってもよさそうな時に返らぬこともある。未決、既決は、相対する語であるが、未決は未レ決、未《い》まだ決せず、と返り、既決は、既に決す、である。既レ決、決を既にす、と返って読む習慣はない。能と得はそんなにちがわないが、能……は、能《ヨ》ク……スと返らず、得……は、……スルヲ得、と返る。そうかと思えば、不能……は、能ク……セズ、と読まずに、……スル能《アタ》ワズと読み、不レ得……が、……スルヲ得ズ、となるのと、おなじ返り方をする。すべては習慣であり、習慣は日本語としてのリズムから生まれたのであろう。

訓読の行なう処置の第二は、テニヲハの添加である。

テニヲハを伴わなければ、日本語は成立しない。ボクアメホシイ。これは幼児の不完全な言葉であり、ボクハアメガホシイといわねば、完全な日本語にならない。ところで、テニヲハは日本語に特殊な現象であり、他の文明語には、必ずしも存在しない。英語でもI want a candy. であり、Iの下、candyの下には何もない。中国語も同様であって、我要糖であり、直訳すれば、ワレ　ホシイ　アメである。それでは日本語にならないから、訓読は、

我《レハ》要《ス》レ糖《ヲ》、

我れは糖を要す。

と、テニヲハを補う。もっと上等の例でいえば、

學而時習レ之、

は、

学ブ 而《シカ》リ 時 之《コ》レ 習ウ、

とせずに、

学びて時に之れを習う、

とし、漱石の詩の句は、

嗒然と牖を隔てて遙林に対す

となる。

中国の文章語にも、日本のテニヲハのごとく、語と語との関係を示す語がないではない。たとえばさきの「論語」の文章に、

學而時習之、

人不知而不慍、

と二度見える而、音ジ ér は、状態の併存もしくは継起を示す語である。学びて時に之れを習うの場合は継起であり、人知らずして慍まずの場合は併存であるが、何にして

もそうした状態に上下二つの事態があるという関係を示す語であり、まさしく日本語のてに当る。

また、のと訓ぜられる場合の之、音シ zhī は、日本語ののと効用をおなじくするといってよい。例を「論語」にとれば、

子曰、父母之年、不可不知也、一則以喜、一則以懼、

子曰わく、父母の年は、知らざる可《べ》からざる也、一つには則ち以って喜び、一つには則ち以って懼《おそ》る。

「父母之年」の之は、まさしく日本語「父母の年」ののに当る。英語でいえば、the ages *of* parents である。また於、音オ yú、またそれの異体である于の字が、事態のおこった場所を指示するものとして、場所に先行する場合は、日本語のににあたる。

夏五月、鄭伯克㆓段于鄢㆒、

夏五月、鄭伯《ていはく》、段《だん》に鄢《えん》に克《か》つ。

孔子の著と伝えられる年代記「春秋」が、その記述の最初の年とするBC七二二年、今の河南省鄭州《ていしゅう》の城主であった鄭の国の伯爵が、段《だん》という実弟との争いに、鄢《えん》という土地で勝ち、弟をとりこにしたというのを、記した文章であり、「なつごがつ、ていはくだんに、えんにかつ」という五、七、五のリズムは、漢文中の俳句という笑話を伴う条であるが、克二段于鄢一の「于」は、まさしくその訓読「鄢に」のにと、おなじ役目を果している。

また、はのごとく、主格を強調する語もないではない。司馬遷の「史記」の老子列伝のはじめは、次のように書き出されている。

老子者、楚苦縣厲郷曲仁里人也、

老子なる者は、楚の苦《こ》県の厲郷《らいきょう》の曲仁里《きょくじんり》の人也《なり》。

「者」音シャ zhě は、老子という主格を強調するためにここにある。スナワチと訓ずる則の字、音ソク zé も、近い音声であり、おなじ位置に位して、おなじ効用をもつことがある。

このように中国語にも、テニヲハ的な語はある。漢文では、句の意味の中心とならない字を一括して、「助字」と呼ぶが、これらテニヲハ的な語も、「助字」の一種である。

ところで、もっとも重要なこととしてあるのは、それら中国語の「助字」は、使い方、あり方において、日本語におけるテニヲハ、ないしはテニヲハ的な語と、根本的な差違があることである。

日本語は、テニヲハを伴わねば文を成さないのに対し、中国語は「助字」を伴わなくても、文を成し得る。あってもなくてもよい。

たとえば、

学びて時に之れを習う、人知らずして慍まず、

は、必ずしも、

學而時習之、

人不知而不慍、

と表現される必要はない。かりに而を省略して、

學時習之、
人不知不慍、

であったとしても、文を成し得る。意味の伝達のためだけならば、それでよい。学と時習、また人不知と不慍が、継起もしくは併存の関係にあることは、語序だけで示し得る。いまそれぞれに「而」の字があるのは、継起併存の関係を語序による暗示にとどめず、顕示しようという意識からである。またそれとともに、「而」の一字を加えることによって、句の音声的調子をゆるやかにし、リズムをととのえようとしてであること、のちに詳説するごとくである。

「父母之年」の「之」の字に至っては、一そう必須でない。かりに、

父母年、不可不知也、一則以喜、一則以懼、

であったとしても、リズムは悪くなるが、文としては成立する。

夏五月、鄭伯段に鄢に克つ、

夏五月、鄭伯克段于鄢、

この場合は、于の字を抜いて、

夏五月、鄭伯克段鄢、

という文章を仮定することは、やや困難であるが、ぜんぜん困難ではない。

老子者、楚苦縣厲鄉曲仁里人也、

これに至っては、こうした書き方のほうが、むしろ特殊であって、より普遍な書き方は、者の字をおかず、

老子、楚苦縣厲鄉曲仁里人也、

である。

このように、中国語の「助字」は、あってもなくてもよい字である。さればこそ「補助の字」というのである。添加される場合は、文中のあいの手としてである。

この点、日本語と中国語とは本質的にちがうことを、本居宣長は、「古事記伝」で、次のように指摘する。

凡て言は、弖爾袁波《テニヲハ》を以て連接《ツヅク》るものにして、その弖爾袁波によりて、言連接《コトツヅキ》のさまざまの意もこまかに分るゝわざなり。……然るに漢文には助字こそあれ、弖爾袁波にあたる物はなし、助字はたゞ語を助くるのみにして、弖爾袁波の如く、こまかに意を分かつまでには及ばぬものなり。故《カ》れ助字はなくても、文の意は聞ゆるなり。

以上テニヲハ論が少し長くなったが、テニヲハの存在こそ日本語の特殊な性質の一つであることが、近ごろの国語学者からやや軽んぜられていると感ずるので、やや丁寧にふれた。

要するに、日本語との比較によって、一そうあきらかになるように、中国語における「助字」は、添加してもよく、しなくてもよい、という性質にある。ことにふつう漢文として読むものは、中国の文章語であり、簡潔を志すものであるから、「助字」の使用を一そうしぶる。それを日本語に訓読するとなれば、いよいよテニヲハの添加を、しばしばにせざるを得ない。

次に訓読の行なう処置の第三、それは動詞、助動詞、形容詞など、日本語では用言となるものに、適宜に語尾を附加することである。これは上述の諸例がすでに示すところであるから、くだくだしくいわない。中国の文章の本来は、学ぶも、学びても、学ばんも、みなただ学ガク xué である。ないしは名詞としての学も、おなじくガク xué である。訓読はそれが用言となった場合は、学ぶ、学びて、と、適宜に語尾を送る。あるいは友という字は、中国語でも本来は名詞として発生したものであろうが、それを動詞として、友之と使ったときは、友《トス》ㇾ之《ヲ》と、語尾を附加する。

次に処置の第四として、いえばいえることがある。かく学にマナブ、友にトモ、というふうに、訓で読むのは、一字の単語の場合に多い。つまり用言体言を問わず、それにあたる日本語をさがして、読みかえるのである。

子《し》曰わく、学びて時に之れを習う、亦た説ばしからず乎《や》。

ただ子の字のみが、シと音読されるのを例外として、他はみな訓で読まれている。つまり純粋な日本語におきかえようとする。

それに対し、

朋有り遠方より来たる、亦た楽しからず乎《や》。人知らずして慍まず、亦た君子ならず乎《や》。

のごとく、二字の連語は、だいたいとして、もとの中国語に近く、エンポウ、クンシと、音で読まれる傾向にある。さきに私は、杜甫の絶句の

何日是歸年

を、

何の日か是れ帰る年ぞ

と読んだが、「帰年」の二字は、キネンと音読してもよいであろう。反対に、

今春看又過

の「今春」は、今《こ》としの春、と読めぬでない。しかしコンシュンと音読する方が、おそらく従来の訓読の習慣であろう。もっとも「何日」の二字を、カジツと読むまでの習慣は、ないようである。

なお特殊な場合として、所以はユエン、所謂はイワユル、以為はオモエラク、と訓読される。

　要するに「漢文」というのは、以上のような処置によって、中国の文章なり詩を、日本語に直して読む場合のことである。そこには上述のような処置が行なわれるが、同時に顕著なのは、しかしせいぜい原文に近くという努力である。

そのため、以上のような処置の背後にある原則として、更に二つのことがいえる。

第一は、中国語の原文にあるすべての字を、つまり語を、訳文に現そうとすることである。

　學而時習之、

を、この書物はこれまで、

　学びて時に之れを習う。

と、読んで来たが、より丁寧な訓読ならば、

　学びて而《しこ》うして時に之れを習う。

と、「而」の字を訳に現すことも出来る。

原則の第二は、一つの字の訓として、一つの日本語を一定しようとする。時は常にト

キであり、習は常にナラウであり、動詞の学は常にマナブである。つまり一字一訓である。

ただし二つの原則には、それぞれ少許の例外がある。原中国文には現れるが、訓読ではサイレントとし、読まない字がある。句末に位する強調の助字のあるもの、たとえばイyǐを音とする矣、エンyānを音とする焉は、その顕著な例である。それらは、おき字と呼ばれる。

矣の字については、

朝聞道、夕死可矣、

が、

朝《あした》に道を聞けば、夕《ゆうべ》に死すとも可なり。

と読まれ、矣の字が読まれない、あるいは読まれないと意識されるのが、例となる。

またもう一つ「論語」に例をとれば、孔子がある人から、弟子たちのうち、誰が好学であるかを、問われたとき、それはすでになくなった弟子顔回《がんかい》であると答えた言葉は、

有顔回者好學、不幸短命死矣、

と語られているが、

顔回なる者有りて学を好む。不幸短命にして死せり。

と訓読される。「矣」の字は、日本語の「死にましたわい」のごとく悲痛の情を現すものとして句末に位するのであるが、訓読の日本語では、サイレントとなる。

また「焉」の字の例を「論語」に求めれば、

子曰、十室之邑、必有忠信如丘者焉、不如丘之好學也、

子曰わく、十室の邑、必ず忠信は丘《きゅう》の如き者有り、丘《きゅう》の学を好む如くならざる也。

丘《きゅう》とは、孔子の名、それがここでは一人称として使われている。十軒の村にも、わしほどの誠実さのものはきっというわい、しかしわしほど好学ではないであろう。そうした意味であるが、第二句の句末の「焉」の字は、おいて読まないのが、習慣である。

矣イ yǐ、焉エン yān のほか、句末の助字としては、也ヤ yě がある。三者は近い発音の word family であり、遠い言葉では、がんらいない。しかるに、也に対してはナリという日本語があてられること、右の不如丘之好学也の訓読、丘の学を好む如くならざるなり、によって示されるごとくであるのに、矣、焉は、読まない。矛盾のようである

が、すべては習慣である。
学而時習之を、もし、学びて而うして時に之れを習う、と丁寧な方の訓読によらず、学びて之れを習う、というふうによむなら、その際の「而」の字は、やはりおき字である。また鄭伯克段于鄢の于も、鄭伯克ッ二段ニ于鄢ニ一と、かなをふるならば、おき字として理解することが、可能である。

また第二の一字一訓の原則の例外となるものも、助字に多い。

学而時習之の之はコレと読まれ、父母之年、十室之邑の之がノと読まれるのは、すでにその例である。助字はしばしば、意味の充足よりも、句のリズムの充足のためにおかれること、のちに説くごとくであるが、この「之」の字の場合は、もっともそうであって、必ずしも一定の明確な意味は、ほんらいもたない。しかし日本語としては読みわけないと不便なので読みわけるのである。なお訓読も今日の形になるまでに、実はいろいろ変遷を経て来ているのであって、中古以来の朝廷づきの儒者、清原《きよはら》氏の訓読では、学而時習之の之のごとく、句末にある「之」は、句末のおき字として読まなかった。学んで時に習う、とのみ読み、之《こ》れを習うという読み方を、拒絶する。専らリズムを充足するおき字であると、句末の「之」を見たのであって、一理ある読み方である。また「日

本書紀」の訓も、この清原氏の読み方なのであって、すべて句末の「之」を読まない。神代の巻の

迺以二天之瓊矛一、指下而探之、

を、

迺《すなわ》ち天《あま》の瓊《ぬ》矛《ほこ》を以って、指《さ》し下《お》ろして探《かきさぐ》りぬ。

と、読むのをはじめ、全書を通じてそうである。

また、有朋自遠方来の自が、ここではヨリであるのに、他の場所では、ミズカラ、オノズカラと読まれるのも、助字異読の又一つの好例である。この場合は、中国語自体でも、ヨリの自は、ミズカラあるいはオノズカラの自と、別のものとして意識されているであろう。しかしミズカラと日本語が訓読する自と、オノズカラと訓読する自とは、原中国語では、必ずしも意味が、分裂していない。少くとも日本語のミズカラとオノズカラほどには、分裂していない。ここの自はオノズカラでなければならない、いやミズカラでなければならないと、穿鑿を過度にするのは、かえって原文に忠実でない。原文はミズカラでもありオノズカラでもある状態を、自の字でいう場合が、しばしばであるからである。

以上、訓読法についての説明、おおむね略説であり、詳説でない。より詳説としては、小川環樹・西田太一郎「漢文入門」(岩波全書)が推薦される。

## 第四　中国の文章語としての性質　その一　簡潔

以上のように、漢文とは、中国語の文章を、日本風に訓読することである。しかしそれだけでは、まだ充分な説明でない。もう一つの説明が、補足されねばならない。すなわちちかく訓読によって読まれる文章が、あくまでも中国の文章語で書かれた文章であり、口語ではないと、いうことである。それは前にもふれたように、発生のはじめから文章用語として発生したものであって、現在の中国の口語でもなければ、過去の中国の口語でもない。口語とむろん連関をもってはいるが、専ら文章語として生まれた文体のもの、それが漢文の「訓読」の対象となるのである。

文語と口語の乖離、それは現代の日本語にもみとめられる現象である。たとえばいまいったことを、私は人に話す場合、「みとめられる現象である」とはいわず、「認められますところの現象でありますす」というであろう。あります体はわれわれの口語であり、ある体はわれわれの文語である。更にまた「認めらるる現象なり」といえば、一そう文語である。

このような乖離の現象が、中国では一そうはっきりしたものとして、且つ甚だ早くから、おそらくその発生のはじめから、あった。

現象の基本的な原因は、表記法として漢字が用いられたことにあるであろう。漢字の性質は、前にものべたように、表意文字であり、表音文字でない。表音文字ならば、口頭で発音される言葉に追随して、すぐそれを表記に移すことが可能である。エゲツナイ、チャッカリ、そうした新語が生まれれば、生まれたその日にでも、文章にはいり得る。表意文字である漢字では、そうはゆかない。口頭の語としては発生し存在しても、それを表記すべき漢字が用意されないかぎり、その語は文章に現れない。現在の中国では、口語をそのまま表記する方法がほぼ完備し、そのためほぼ言文一致であるが、それでもなお表記すべき漢字が用意されていないために、文章に入らない語がいくばくかある。古代では一そう甚しく、多くの語が表記すべき漢字をもたぬものとして、ただ口頭にのみ浮遊していたと思われる。このこと、よりくわしくは私の「国語のために」参照。

その結果、古代の記載のいとなみは、漢字として表記し得る語だけを、口語の中からつまみあげ、書きつらねるという方法で、成立したと思われる。口語がＡｘＢｙであり、ＡとＢのみが漢字をもち、ｘとｙとは表記すべき漢字が用意されていない場合、ただＡＢとのみ記載し、ｘｙをはぶく方法である。

また中国語には、それをゆるす性質がある。すなわち、孤立語と呼ばれるように、一語一語、すなわち字に書けば一字一字が、他から独立し、完成したものとして、あることである。これは日本語と対蹠的な性質であって、助字とテニヲハの差違も、ここから出る。日本語ならば、たとえば何か名詞をいい出せば、必ず次につづく語として、てにをはを期待する。「は」か、「が」か、「の」か、「を」を、予想する。またそれを附することによって、はじめて日本語となる。中国語はちがう。「父母之年」「十室之邑」について考えれば、はじめの「父母」の語、「十室」の語は、次の語として必ずしも「之」を予想していない。「之」をとばして、「父母年」「十室邑」でもよいのである。

助字の省略は一例にすぎない。文の意味の中心でなく、不必要と意識された語は、どんどん略しても、文を成し得る。しからば、口語はＡｘＢｙであるのを、文章語はＡＢとつづめても、これはこれで完全な文となり得る。

かくして記載語のＡＢは、はじめから口語のＡｘＢｙとは別のものとして発生し、存在したと思われる。

かくして記載語ABが、口語AxByよりも、より簡潔な形であると、意識されたとき、記載語は意識的に、簡潔な上にも簡潔な方向へと、みずからをねりあげて行った。「論語」の文章は、すでにその段階にあり、当時の口語との間に、すくなくとも最も口語的な口語との間に、相当の距離をもっていたと思われる。もっとも「論語」の場合は、孔子の言語の記録が大部分であるから、比較的に口語的要素が多いとも考えられるが、しかし口語との距離は、すでに相当であることが、より大きな事実であろう。

もとより「論語」のころの口語が、今日わかるわけではない。すこし乱暴なようであるが、一つの方法として、「論語」の

子曰、學而時習之、不亦說乎、

を、現代の中国語は、何と表現するかということから、考察をはじめよう。「論語」の右の文章は、今日の口語では、

老夫子說、學甚麼、然而有時候學習牠、可不也喜悅麼、

などという形になるであろう。くわしい説明は略すとして、○は原文の語がそのまま現れ、●はその現代語の同義語であるが、それ以外の多くの語は、口語としてのリズム

を成り立たせるための増加である。「論語」のころの口語は、現代の中国語の口語と、いろいろの点でちがっていたであろう。しかしそのころの口語も、

子曰、學而時習之、不亦説乎、

というほどの簡単な形でなく、より多くAxBy的な形であったと思われる。それをAB的に煮つめたものが、現実の「論語」の文章であること、ほとんど疑いをいれない。ふつう漢文の美しさとして、まず何よりもいわれるのは、簡潔ということである。これはその原文が、このように簡潔にねりあげられた文章語であることから来る。たといそれが訓読にうつされて、テニヲハを加えられ、用言の語尾を加えられても、なお原中国文の簡潔な美しさが、有力に倒影しているからである。

如朝聞道、則夕雖死可矣、

ともいえるものを、

朝聞道、夕死可矣、

と煮つめたものが、

朝に道を聞けば、夕に死すとも可なり、

という訓読にも、倒影しているからである。

## 第五　中国の文章語としての性質　その二　リズム

以上のような簡潔な中国の文章語、それは「論語」「孟子」のころには、すでに記載語として成立していた。そうしてそれが以後、ついこの間までの中国の支配的な文体となるのであるが、この文体の志すところは、簡潔の美のみではなかった。いま一つ重要なものがあった。リズムの美である。

短い句の堆積、それがリズムを生むということばかりではない。リズムの造成が、常に細かな配慮をもって、さまざまに工夫されるのである。

すでにあげた「論語」の例でいえば、

父母之年、不可不知也、一則以喜、一則以懼、

父母の年は、知らざる可からざる也、一つには則ち以って喜び、一つには則ち以っ

て懼る。

目で見てもわかることは、原文の句の字数が、四、五、四、四であり、四字の句が中心になっていることである。中国語は一字すなわち一語が一シラブルであるから、これはつまり四シラブルのリズムのたたみかけである。そのことは、しばらく日本の漢字音を用い、

フボシ　ネン、フカフ　チヤ、イツソク　イキ、イツ　ソクイク、

と読んでも、ある程度予想される。中国の原音で、

fù　mǔ　zhī　nián
bù　kě　bù　zhī　yě
yì　zé　yǐ　xǐ
yì　zé　yǐ　jù

と読めば、もっともよく理解できる。これは散文による詩である。

右はもっとも簡単な例にすぎない。このようにリズムを調整して、文章の効果を強め

ようとする努力は、「論語」のみについていっても、大へん普遍である。

如朝聞道、則夕雖死可矣、

といえばいえるものを、そうはいわずに、

朝聞道、夕死可矣、

というのも、その方が強い美しいリズムを作るからである。

「論語」ばかりでない。前にものべたように訓読の対象とする文章語は、「論語」その他、早期の文章語の文体を継承するものであるから、リズムに敏感な、詩のような性質を、常に保持する。

こうしたリズムの美の、完全な把握は、訓読では残念ながらむつかしい。中国の原音で読むのを理想とする。しかし訓読でもその呼吸をつかむことが、全然困難でないことは、中国音は心得なかった漱石の漢文が、前にもふれたように、中国人によって読まれても、おかしくないであろうことによって、示される。

そうしてもっとも注意すべきことは、こうしたリズムの組成のために、助字がしばしば作用することである。宣長がいうように、漢文の助字はあってもよく、なくてもよい語である。なくてもよい性質を利用して、せいぜいはぶくのは、簡潔さを作る方向であ

る。くりかえしていえば、

朝聞道、夕死可矣、

といい、

如朝聞道、則夕雖死可矣、

といわない方法である。

しかしまた一方、あってもよいという方の性質、それを利用すれば、リズムを充足し完成するものとして働く。

父母年、

といえばいえるものを、

父母之年、

といって、リズムを完成するのは、その手はじめである。それにつづけて、

不可不知也、一則以喜、一則以懼、

というち、

一則以喜、一則以懼、

は、

一則喜、一則懼、
一つには則ち喜び、一つには則ち懼る。

もしくは、

一以喜、一以懼、
一つには以って喜び、一つには以って懼る。

といえぬことはなく、そういっても意味は表現される。それを、現実には、
一則以喜、一則以懼、
という。やはり主としてリズムの関係からである。
もう一つ既に例にあげた例を、この方向から説明すれば、
十室邑、
ともいえるのを、

　十室之邑、

というのは、文章のはじめを、リズミカルにするためである。つづいての句が、

　必有忠信如丘者、

だけでなく、

　必有忠信如丘者焉、

と、訓読ではおき字として読みようのない焉の字があるのも、ほかならぬリズムのためである。そうして、

　不如丘之好學也、

と、やはり助字がリズムを足して、文章は完成する。

以上の呼吸を、訓読によって漢文を読む場合にも、まず心得ておくことが、漢文を読むについての、実は何より必要な注意である。

それとともに知らねばならぬことは、かく助字は、しばしばリズムの充足のために添えられるものであるから、はっきりした意味を追求しにくいことが、しばしばである。句末の焉、矣、ないしは也は、その最も顕著な例である。一則以喜、一則以懼、の以、またリズムの充足という以外、意味の上からのはっきりした説明は、むつかしそうに思

われる。

なおまた、漢文の助字に対するこうした省察は、他の言語の理解に対しても、ある貢献をするであろう。英語その他の言語につき、文法家がひややかに意味の充足のためにと説明する現象、たとえば英語の他動詞が、それだけでいいはなされず、そのあとに少くとも it とか them とか代名詞をとらねばならぬという現象も、実はリズムの充足のため、という要素があるのではないか。また動詞の前に、it rains とか they say とか、無意味の主格をともなわねばならぬということ、それにもリズムの充足という要素が、働いているのではないか。更に大胆なことをいえば、主格代名詞として、文のはじめに位する I, you, it、みな文のリズムをひきおこすために、そもそもは生まれた語であり、漢文でいえば「発語の辞」だったのではないか。旧套に安んじない学者の深考を期待する。

しかしそれは余談である。余談でないことにもどれば、漢文のリズムの問題として、なお注意すべきことがある。そのために、もう一度、

父母之年、不可不知也、一則以喜、一則以懼、

をふりかえろう。この「論語」の文章は、すでに説いたように、四シラブル、五シラ

ブル、四シラブル、四シラブルである。もし第二句の不可不知也につき、おしまいの也は、意味の充足に何の寄与もしないとして、それをはぶき、

父母之年、不可不知、一則以喜、一則以懼、

とすれば、四シラブルの句が四つ、という形に統一される。

このように、近接した句を、同じシラブル数に斉一して、リズムをとるのは、漢文に普遍な現象である。「論語」の文章から別の例をあげれば、

子曰、弟子入則孝、出則弟、謹而信、汎愛衆而親仁、行有餘力、則以學文、

子曰わく、弟子《ていし》入りては則ち孝、出でては則ち弟《てい》、謹みて信《まこと》あり、汎《ひろ》く衆を愛して仁に親しめ。行《おこの》うて余力有らば、則ち以って文を学べ。

若ものよ、奥むきでは孝行、表座敷では兄弟なかよく、謹直に誠実に、ひろく人人を愛して人道に親しめ。それらの実践に余力が生まれたら、学問せよ。そうした意味であるが、この文章のリズムは、次のように分解図示される。

弟子
入則孝
出則弟
謹而信
汎愛衆而親仁
行有餘力
則以學文

はじめの「弟子」、それを別にすれば、あとは三シラブルの句が、入則孝《ニユウソクコウ》、出則弟《シユツソクテイ》、謹而信《キンジシン》、と三つかさなって、リズムを作っている。近接した句の斉一化である。かくはずんだリズムの上に、次の句、汎愛衆而親仁《ハンアイシユウジシンジン》が、流れ出るのである。あるいは、汎愛衆而親仁も、汎愛衆《ハンアイシユウ》、而親仁《ジシンジン》、と、二つに割って読むとするならば、三シラブルの句が、もう二つたたなわることになる。つまり入則孝《ニユウソクコウ》からはじまって、三シラブルのリズムが、五つ積み重なることになる。そうして最後のむすびは、行有余力《コウユウヨリヨク》、四シラブル、則以学《ソクイガク》文《ブン》、四シラブルと、また斉一な句二つである。うち則以学文の以の字は、四シラブルを充足するために加わった助字であると理解される。

のみならず、かくシラブルの数を斉一にした句は、しばしば、対句的な修辞となる。つまり文法的条件を同じくする語を、同じ個所においた、くりかえしのリズムとなる。

入則孝
出則弟

は、すでにそれである。

一則以喜
一則以懼

またそれである。しかしこれらは、その素樸な形であり、中国の修辞学の意識として、この程度のものは、対句といわない。何となれば、そこには、入則孝、出則弟、あるいは一則以喜、一則以懼と、同じ語のくりかえしがあるからである。もっと精巧な対句が、やがて生まれる。同語の重複を避けて、しかも文法的構造をひとしくし、意味のリズム、したがってそれによる音声のリズムを、斉一にした対句である。それを手っとり早く示すのは、詩、ことに律詩である。

漱石の詩でいえば、

斜陽満徑照僧遠
黄葉一村藏寺深

また

懸偈壁間焚佛意
見雲天上抱琴心

みなそれである。文法的条件を同じくする語が、句中のおなじ個所に、行儀よく、シムメトリカルに、ならんでいる。はじめの聯についていえば、斜めなる陽《ひ》‐黄いろき葉、満つ‐一つ、径《みち》‐村、照らす‐蔵す、僧‐寺、遠し‐深し、みなそれぞれ同じ位置に位して、意味と音声のリズムを斉一にしている。第二の聯もおなじである。この段階のものに至って、中国の修辞学は、はじめてそれを対句と呼ぶ。

これは一概念を一字で現す中国語なればこそできる修辞である。詩はしばしばそれを用い、ことに律詩は必ずそれを用いる詩形である。詩ばかりでない、文章にもしばしば現れる。のちに述べるように、中世の美文である四六文が、全文をそれで構成するのは、文章史上、特殊な一時期の現象であるが、早い文章にも、ないではない。右の「論語」の文章のうち、

行有餘力
則以學文

は、単に四シラブルの斉一な句であるばかりでない。精巧な対句の萌芽と見得ないでない。行のうて余力有らば、則ち以って文を学べ、と訓読したのでは、そのことが感ぜられないかも知れぬ。しかし中国語の本来に即して読めば、余と学は動詞であり、力と文は名詞である。余+力、学+文と、ともに動詞+名詞で、二つの句が結束するのは、

精巧な対句をみちびくべき萌芽である。

また、もう一つ、重要な現象がある。右の「論語」の文の、父母之年、一則以喜、一則以懼、また、行有余力、則以学文、が示すような、四シラブルの句、目で見れば、四字の句、それが散文のリズムの基礎として、頻繁に現れるということである。

現象は、「論語」の文章において、すでに顕著である。

子路問事鬼神、子曰、未能事人、焉能事鬼、（先進）

子路、鬼神に事《つこ》うることを問う。子曰わく、未まだ人に事うる能わず、焉《いず》くんぞ能く鬼に事えん。

子曰、不在其位、不謀其政、（泰伯）

子曰わく、其の位に在らざれば、其の政《まつりごと》を謀らず。

子曰、視其所以、観其所由、察其所安、人焉廋哉、人焉廋哉、（為政）

子曰わく、其の以《もち》うる所を視、其の由る所を観、其の安んずる所を察すれば、人焉《いず》くんぞ廋《かく》さん哉《や》、人焉《いず》くんぞ廋《かく》さん哉《や》。

またのちに説くように、「春秋左氏伝」すなわち「左伝」の文章では、一そう四字句がふえる。おそらく「論語」や「左伝」の全文の、半ば以上は四字句であろう。やがて中世の美文が、それのみの頻用にかたむくのは、畸形をまぬがれないとして、むしろ美文的でないことを心がける文章、たとえば唐宋以後の「古文」でも、やはりリズムの基礎として、四字句が優勢である。後に引く韓愈の「雑説」のように、極度にそれを忌避するものもあるけれども、平均していえばやはりそうである。つまり漢文のリズムの基礎、それは四字句におちつきやすい。それだけに、四字句を便宜的なリズムとしてきらうのが、韓愈の文章なのである。逆にまた便宜的な文章を書くときに、わざと四字句を頻用することもある。たとえば何くれとない社交用の手紙、すなわちいわゆる「尺牘《せきとく》」などは、それであって、私なども、人に手紙をやるとき、

比已秋深、定多佳興、弟幸次郎、亦復碌碌、忙於授徒、兼又著書、雖歎塵冗、頑健如常、不必垂廑、……

比《このごろ》已《すで》に秋深し、定めて佳興多からん。弟幸次郎、亦《ま》た復《ま》た碌碌たり。徒《いたずら》に授くるに忙しく、兼ねて又た書を著す。塵冗を嘆ずと雖《いえど》も、頑健常の如し。必ずしも廑《きん》を

垂れざれ。……

などと、書き出す。

以上、上篇では、漢文の性質と、漢文を読むについての基本的な心得のいくつかを、説いた。次に下篇では、かくして読まれる漢文には、いかなる種類のものがあるかを述べよう。前にもふれたように、もっぱら文章について説き、詩ないしは韻文については、私の他の著書にゆだねる。

# 下篇

## 第一 「五経」の文章

漢文の文章のもっとも古いものとしてあるのは、紀元前六世紀の人である孔子が、彼以前の文献資料から、直接には彼の教団の弟子たちのため、また間接には未来永遠の人類のため、選択編集したといわれる五古典、すなわち「五経《きょう》」である。「易《えき》」「書《しょ》」「詩《し》」「礼《れい》」「春秋《しゅんじゅう》」の五つであって、近ごろの学者によって、孔子の編集でないとされるものもある。しかし孔子以前の文献、つまり前六世紀以前の文献であるには相違ない。

第一の「易」は、うらないの書であるとともに、哲学の書である。うらないの方法は、蓍《めどぎ》の草の茎五十本を使用する。五十本の茎を任意に二つに分ければ、さまざまに変化した二群の数となるが、ある場合は男性的なものの象徴として陽と呼ばれ、ある場合は女性的なものの象徴として陰と呼ばれる。陽は図形⚊で表示され、陰は図形⚋で表示される。この手続きを六度くりかえして、⚊もしくは⚋を六つ重ねたものが卦《か》であって、☰

☰、☷☷など、六十四通りのくみあわせ、つまり六十四卦《か》となるが、六十四卦のいちいちは、自然現象また人事現象の象徴と見なされ、それぞれに説明の文章がついている。それが「易経」である。

たとえば図形☷☳は、復《ふく》と呼ばれる卦であり、自然と人事を通じ、すべてのものの成長による回復復帰を象徴するが、その説明の言葉は、次の如くである。

復、亨、出入无疾、朋來无咎、反復其道、七日來復、利有攸往、

おみくじの文章のごとく、はっきり意味を定めにくい文章であるが、「亨」は通、「攸」は所、「利」は宜と同義、「无」は無の古字であって、訓読すれば、

復は亨《とお》る。出入に疾无《やまいな》し。朋《とも》来たりて咎无《とがな》し。反復すること其れ道あり。七日にして来たり復《かえ》る。往く攸《ところ》有るに利《よ》ろし。

と読める。また図形☷☳の構成要素である⚊もしくは⚋のいちいちについても、説明

がある。

初九、不遠復、无祇悔、元吉、

初九は、遠からずして復る、祇《おお》いなる悔无《くいな》し。元《おお》いに吉。

というのは、下からかぞえて最初の⚊は、何を象徴し、意味するかについての、説明であり、

六二、休復、吉、

六二は、休復す。吉。

というのは、下から二番目の⚋についての説明、

上六、迷復、凶、

上六は、迷いて復る、凶。

というのは、一番上の--についての説明である。

第二の「書」は、古代の君主が、会議、革命、戦争などの際に、口頭でのべた政治的な言語、数十篇の筆録であって、文章として甚だ読みにくいのは、これのみは例外的に口語に近い記録であったからかと、疑われる。初学の読みものとはならない。例として、周の王が国民に向かい、酒にふけるなといましめた「酒誥《しゅこう》」篇の数句をあげれば、

我民用大亂喪德、亦罔非酒惟行、越小大邦用喪、亦罔非酒惟辜、

我が民の用《も》って大いに乱れて徳を喪《うしの》うは、亦《ま》た酒を惟《こ》れ行いとするに非《あらざ》るは罔《な》し。越《およ》び小大邦の用《も》って喪《ほろ》ぶも、亦《ま》た酒を惟《こ》れ辜《つみ》とするに非《あらざ》る罔《な》し。

くわしくは私の「尚書正義」参照。

第三の「詩」は、歌謡三百五首の集録であり、漱石が「文学論」に引く「北門」のうたは、その一つであるが（一一頁）、韻文であるから、今はしばらくおく。私の「詩経国風」は、そのうち民謡の部分の、翻訳であり、解説である。

第四の「礼」は、政府、村落、家庭における儀式の次第書であって、すべて人間の善意の象徴的表現と意識された。下級の官吏の階級である「士」の「婚礼」の篇のうち、新郎が新婦を、その家まで迎えにゆく条の、ある個所を例示すれば、

婿御婦車、授綏、姆辭不受、婦乘以几、姆加景、乃驅、
婿《むこ》は婦《よめ》の車を御《ぎょ》し、綏《つな》を授く。姆《うば》辞して受けず。婦乗るに几《き》を以ってす。姆景《うばうちかけ》を加う。乃《すなわ》ち駆《か》る。

「婦乗以ㇾ几」とは、新婦は床几を車のそばにおき、それをふみ台にして、車に乗る意である。一たいに「礼」の文章は、古代の文章のうちもっとも明晰なものであり、おおむねの儀式、今日でもその通りにやれそうである。中国の古代は、ギリシアのように戯曲はもたなかったが、儀式の次第についての詳細な脚本が、このようにある。極東のほこりの一つとしてよいであろう。

第五の「春秋」は、BC七二二からBC四八一に至るまで、孔子の祖国である魯《ろ》の国を中心とした年代記であり、その文章は、もっとも簡潔に明晰である。すでにあげた

夏五月、鄭伯克段于鄢、

夏五月、鄭伯段に鄢に克つ。

は、そのさいしょの年、BC七二二、魯の隠公元年の一節である。翌翌BC七二〇、隠公三年の記事の全部をあげれば、

三年春王二月、己巳、日有食之、三月、庚戌、天王崩、夏四月、辛卯、君氏卒、秋、武氏子來求賻、八月、庚辰、宋公和卒、冬十有二月、齊侯鄭伯盟于石門、癸未、葬宋穆公、

三年春王二月、己巳《きし》、日之《これ》を食すること有り。三月、庚戌《こうじゅつ》、天王崩ず。夏四月、辛《しん》卯《ぼう》、君氏《くんし》卒《しゅつ》す。秋、武氏の子来たりて賻《ふ》を求む。八月、庚辰《こうしん》、宋公和《わ》卒《しゅつ》す。冬十有二月、斉侯《せいこう》鄭伯《ていはく》と石門に盟う。癸未《きび》、宋の穆公《ぼくこう》を葬る。

己巳、庚戌、辛卯、庚辰、癸未は、日の名であり、後世ならば何日と数字で表示され

るものが、干支《かんし》の番号で表示されているのである。「日之《これ》を食すること有り」とは、日食。「天王」は周の天子。「賻」はその死のための香奠。「五経」は、以後二千数百年間、今世紀初の革命にいたるまで、中国の知識人の必読の書であった。日本でも専門の漢学者にとっては、そうであった。その内容については、私の「中国人の古典とその生活」を見られたい。ただし、その文章は特殊であるから、紹介を以上にとどめる。むろん注釈なしには読めない。注釈はそれぞれに数百種堆積されている。

## 第二　古代の議論の文章　「孟子」を例として

かく「五経」は、最古の、また最高の、古典であるけれども、文章としては、別格に古いものであり、「書経」のように普通の漢文の知識では読めないものもある。「詩経」も実はそうである。

よみ易い文体が成立したのは、前六世紀の孔子以後、前三世紀の秦の始皇に至るまでの、三百年間、いわゆる戦国時代においてである。またそれが、以後千数百年を規制して、今世紀初までの中国の文章語の文体となったのであり、またひいては日本人の漢文の文体ともなったのである。

この創始の時期の文章としてあるものは、議論の文章が大多数である。すなわち儒家をはじめ、道家《どうか》、法家《ほうか》、墨家《ぼくか》、兵家《へいか》などの諸学派が、その主張をのべた書物の文章である。

まずあるのは孔子の言行録、「論語」である。ついではおなじく儒家の書として、「孟子」である。また道家の書として、「老子」「荘子」、法家の書として、「管子《かんし》」「韓非子《かんぴし》」、墨家の書として、「墨子《ぼくし》」、兵家の書として、「孫子《そんし》」「呉子《ごし》」など。

うちもっとも名文は、「論語」である。それを「孟子」「大学」「中庸」とあわせて「四書」と呼び、「五経」が旧約に当るのに対し、新約の地位としたのは、十三世紀、宋の新儒学によってであり、それ以後は、読みやすい文体で書かれたこの四つが、難解な「五経」よりも、より多く必読の書と、中国でも日本でもなった。ただし「論語」の愛読は、それ以前、ごく早い時期からである。「論語」については、ここに説くのをひかえる。その文章についての私の解説が、別に公にする「論語」上下に見えるからである。

ここにはこの時期の議論の文章の代表として、「孟子」を説く。

孟子とは、もと思想家孟軻《もうか》を呼ぶ語である。「子」とはこうした思想家に対する敬称であり、先生の意である。彼は孔子より二百年ばかり後に生まれ、他の諸学派と対抗しつつ、孔子の学説の熱心な祖述者であった。その論弁を記録した書物もまた「孟子」と呼ばれるのである。文章はなはだすぐれる。同時の諸学派の文章を圧倒してすぐれる。

次の漢の時代に至って、孔子のとなえた儒家の学説が、独占的な優位を占めるのは、その思想内容がもっとも人道的であったということのほかに、孔子自身の言行の記録がある「論語」の文章が、甚だ美しかったこと、また祖述者としても孟子のような名文家がいて、その文章が深く人を動かしたということが、看過されてはならないであろう。「孟子」の書物は七篇から成り、各篇が上下に分かれている。あわせかぞえれば、十四篇である。人間は善意の動物であるとする説、すなわち性善の説が、思想の基本であり、人間の善意は、政治によって初めて完全な効果を得るというのが、その学説のまた一つの重要な部分である。ゆえに政治論が多い。その文体は、十分に発展した自由さをもち、後代の議論の文章の文体と、ことならない。というよりも後代の議論文は、おおむね何がしか「孟子」の影響の下にある。

いま第一篇「梁恵王《りょうけいおう》上」の第二章をあげる。有名な「五十歩百歩」のたとえを含む章である。孟子と問答を交す梁の恵王は、当時の七強国の一つであり、大梁、すなわち今の河南省開封市を首都として、山西省の南部から河南省の北部を、領有した魏《ぎ》の国の君主であって、BC三七〇年からBC三三五年まで、三十六年間在位したと、司馬遷の「史記」の「六国年表」に見える。

梁恵王曰、寡人之於國也、盡心焉耳矣、
梁の恵王曰《い》わく、寡人《かじん》の国に於けるや、心を尽くすのみ。

「寡人」とは、道徳に乏しい人間の意味であり、君主の一人称である。その政治学説の実現のため、諸国を遊説していた孟子が、この君主の説得にきたとき、恵王はまず口を開いていった、私は私の国家に対し、「心を尽くしている」。一生けんめい、自分の良心の限りを尽くして、政治をしている。

すこしく文法的説明を加えれば、第一句は「寡人於国」だけでも意味は出るのであるが、この句の示す状態を、次の句の主語としようとする場合には、句中の小主格、すなわちここでは「寡人」、その下に「之」の字を加え、また小述語、すなわちここでは「於国」、その下に「也」の字を加え、「寡人之於国也」とするのが、しばしば現われる例である。つまり「……之……也」は、一種のかかりむすびである。こうした場合の「也」は、なり、と訓ぜず、や、と訓ずる。

また「尽心」の下の「焉耳矣」は、句末に位する強調の助字を、三つかさねるのであり、大へん強い語勢である。うち、エン yān を音とする「焉」は、状態の安定持続を表示するに傾き、ジ ěr を音とする「耳」は、状態の排他的な専一を表示するに傾き、イ yǐ を音とする「矣」は、状態の強烈さを表示するに傾く。良心の限りを尽くして一生けんめいにやっているという状態が、恒常のものとしてあり、専一のものとしてあり、強烈なものとしてあると、三方向から強調したことに、分析すればなる。しかしこのように、助字に意味を充入して分析するのは、警戒を要する。上篇で説いたように、助字は文章のリズムの充足のために添加されるという要素が、少なからずある。句末の助字は、ことにそうである。「尽心」というだけでは文章のリズムをなさないから、そのあとに何か強調の助字を加えることが必須である。「焉」を加えて「尽心焉」だけでも、リズムは一応成立するが、それだけではなお弱いので、さらに「耳」の字が加わり、さらに「矣」の字が加わったのである。ただし、かく「焉耳矣」と強調の助字を三つも重ねるいい方は、「孟子」以外では必ずしも普遍でない。「孟子」の文章は、いったいにすべて強調的である。

なお焉耳矣をひっくるめて、「のみ」と訓読するのは、訓読の通例として、焉と矣は、句末のおき字として、特別な日本語を用意せず、つまり訓読のサイレントとなるのに対し、耳の字に対しては、ノミという訓が用意されているので、それだけを生かしたのである。
さて王は以下、みずからが、いかに良心の限りをつくして政治をしているかを、具体的に説明する。

河内凶、則移其民於河東、移其粟於河内、河東凶、亦然、

河内凶なれば、則《すなわ》ち其《そ》の民を河東に移し、其の粟を河内に移す。河東凶なるときも、亦《ま》た然《しか》り。

「河内」とは、王の領地のうち、黄河の北に位する河南省の北部、「河東」は山西省の南部である。領内の河内の部分が凶作であるとする。その場合には、飢えた人民を河東の地域に移住させる。しかもなお河内にとどまった人民のために、米を河内に移送する。逆に河東の地方が凶作であるとする、その場合にも、同じ方法をとっている。そのように私は心を尽くしている。
文法の説明として、則移其民於河東の「則」の字は、「すなわち」と読む。甲の条件、すなわちここでは「河内凶」が存在する場合には、乙の結果、すなわちここでは「其の

民を河東に移す」という結果が生まれるという関係、それを明示しようとするときに下される助字である。ただしそれを加えることが必須でないこと、やがてのちに説く。

察鄰國之政、無如寡人之用心者、鄰國之民不加少、寡人之民不加多、何也、

隣国の政《まつりごと》を察するに、寡人《かじん》の心を用うるに如《し》く者無し。隣国の民少きを加えず、寡人の民多きを加えざるは、何ぞや。

王のことばはなお続く。「鄰」は隣と全く同じ字。隣国の政治を観察する、というのは、以上のような「寡人」の政治に対する比較の媒介としてである。当時は戦国時代であり、梁《りょう》、一名は魏《ぎ》の国のほかに、斉《せい》、燕《えん》、秦《しん》、韓《かん》、趙《ちょう》、楚《そ》、あわせて七国が対峙していた。そのうち境を接する国が隣国であること、いうまでもない。隣国の政治を観察してみるに、寡人のように気をくばっているものはない。しかるに隣国の人民が従来よりも減少せず、寡人の人民が従来よりも増加しない。何故であろうか。当時においては、人口こそ何よりの資源であった。

文法的な説明として、「如」の字は、単に平等、斉一、均一であるという意と、より

劣ったものがよりすぐれたものと斉一の程度になるという意と、二つの意味を混在させている。ここも「寡人の心を用うる如《ごと》くなる者は無し」とも読めるし、「寡人の心を用うるに如《し》く者無し」とも読める。普通の訓読としては、後者の方が優勢である。しかし中国語としては、日本語で分裂するごとくには分裂しない。「何也」の二字は、理由なり原因を問う表現として、普通である。

孟子對曰、王好戰、請以戰喩、
孟子対《こた》えて曰《い》わく、王は戦いを好む、請《こ》う戦いを以って喩《たと》えん。

比喩は孟子の得意とするところである。「請う」は、直訳すればplease、意訳すればMay I? である。また「以」の字は、他の字でおきかえれば、「用うる也」と訓ぜられる。……をもちいて、……で、である。「もって」という和訓も、その意味からである。

さて、その比喩は、

塡然鼓之、兵刃既接、棄甲曳兵而走、或百歩而後止、或五十歩而後止、以五十歩笑

百歩、則何如、

塡然《てんぜん》として之《これ》に鼓《こ》し、兵刃既《へいじんすで》に接す。甲《こう》を棄て兵を曳《ひ》きて走る。或いは百歩にして後止《のちとど》まり、或いは五十歩にして後止まる。五十歩を以って百歩を笑わば、則《すなわ》ち何如《いかん》。

「塡然」なる語は、他にあまり見えない。注に、太鼓をどんとたたく音であるというが、これらの語、たいていの場合、あてずっぽうで考えて当る。下に、鼓、つづみをうつ、とあるのであるから、太鼓を鳴らす形容、ないしは太鼓の音であるに違いない。必ずしも注を細かに見、字引きを引くには及ばない一例である。上篇でもふれたように、漢文を読むには、その場その場での直観的な想像力を働かすことが、賢明でもあり、必須でもある。また「塡然として之に鼓す」の「之」の字は何をさすかと考えるのは、無用のせんさくである。「塡然鼓」だけではリズムをなさないから、リズム完成のために「之」の字があるのであって、具体的に何を内容とするかを問うべきでない。太鼓が鳴るのが、戦争の頂点である突撃の開始であること、これまたいうまでもない。

「兵刃既に接す」の「兵《へい》」は、漢文ではおおむねの場合、その原義である「兵器」の意味であり、兵隊を意味しない。兵器のいちばん重点である「刃《やいば》」の部分、その部分が敵味方接触する白兵戦になったとして、というのであるが、「既」の字、音キjiは、その状態の完全な成立を意味する。さて、そうなった場合、「甲」はよろいである。退却に重いよろいは不便だから、ぬいで打ち棄て、兵器はもはや振りあげずに、曳きずって逃げ出す。あるいは百歩のところまで逃げ、安全だと思って立ちどまる。あるいは五十歩のところまで逃げて、そののちに立ちどまる。その場合、五十歩逃げたものが百歩逃げたものを、より卑怯であると笑ったならば、それはどうなりますか。「何如」は、「如何」とおなじであり、状態に対する判断を問うことばである。前の「何也」が、状態の原因、理由を問うのと、違う。この場合、「何也」ということはできない。

曰、不可、直不百歩耳、是亦走也、

曰わく、不可なり。直《ただ》百歩ならざる耳《のみ》、是れ亦《また》走る也。

むろん王がいったのである。読者が容易に判断し得る場合は、ことばの主格をいちいちにあげないこと、近代小説と同じである。

王はいった。それはいけない。五十歩のものも、ただ百歩でないだけのことに過ぎない。五十歩逃げたやつも、おなじく逃げたのである。逃げた点は百歩のものと同じである。「直」は「止」「祗」「只」「惟」「唯」などとともに、「ただ」と訓ずるが、「直」の字ならば、いやまったくもって、そういった語感である。

曰、王如知此、則無望民之多於鄰國也、

曰わく、王如《も》し此れを知らば、則《すなわ》ち民の隣国よりも多きを望む無き也。

孟子のことばである。王様、あなたにもしそれがおわかりだとすると、それならば、人民が隣国よりも多くなることを、希望なすってはいけません。

この文章、仮定が「如」の字ではっきり示され、仮定による結果が、「則」の字ではっきりと示されている。上が条件であり、下が結果であることが、はっきり示されている。しかし上篇で説いたように、漢文は、これらの助字を加えることが、必須でない。条件と結果の場合も、助字は加えず、ただ語序だけで、その関係を示し得る。つまりかりに「王知此、無望民之多於隣国也」であっても、よい。あるいはもっと簡単に「知此、無望民多隣国」としても、意味に差違はない。

さて、さきの比喩が意味する実体は、程度の差を本質の差と誤認するばからしさである。もしそれが、王さま、あなたに分ったとすれば、政治に骨を折っているという、あなたの政治の方法も、隣国とおなじく不充分なのであって、五十歩百歩の差にすぎない。そんなことで人口の増加を希望し得る要素は無い。理想の政治は、王がいまやっているような姑息の愛によるものでなく、もっと徹底した福祉政策によらなければならないと、このあたりから孟子は、自己の学説を説く。

不違農時、穀不可勝食也、數罟不入洿池、魚鼈不可勝食也、斧斤以時入山林、材木不可勝用也、

農時に違《たが》わざれば、穀勝《あ》げて食《く》ろう可《べ》からざる也。數罟《さくこ》、洿池《おち》に入らざれば、魚鼈《ぎょべつ》勝《あ》げて食《く》ろう可《べ》からざる也。斧斤《ふきん》、時を以って山林に入れば、材木勝《あ》げて用《もち》う可からざる也。

三度見える「勝《あ》げて……す可《べ》からざる也」は、別の訓読では、「食《く》ろうに勝《た》う可《べ》からざる也」「用《もち》うるに勝《た》う可《べ》からざる也」と読む読み方もある。要するに、食べられない

ほどできる。使いきれないほどできる、の意味である。

農業にはそれぞれ手順がある。その手順に適した季節が、「農時」である。「数罟《さくこ》」という単語は、「孟子」のここにしか見えない。注釈によれば、「数」は、「しばしば」であり、「罟」は「あみ」である。頻繁なすなどりのあみの意であるが、注釈も、要するに想像によってそう言っているにすぎないように思われる。「洿池」も他には見えない語であり、注釈によれば、「低いところにある池」のよし。

なお「数」の字の普通の音は、スウであるのに、ここではサクであるのは、「しばしば」という意味の場合は、この音に読むのである。漢字の音は、原則として一字一音であるが、ごくわずか一パアセント位の見当で、かく二つ以上の音をもつ字がある。意味のちがいによって音がちがうのであって、「数」の字についていえば、この字が使用される大多数の場合の意味は、かず、かぞえる、であるが、その場合は、スウ、であり、現代の中国音も、shù あるいは shǔ である。シバシバという場合のみ、サクの音となり、現代の中国音も shuò である。もう一つの例をあげれば、「論語」の冒頭に「亦た説ばしからずや」と見える「説」の字も、そうである。おおむねの場合の意味である「ものをいう」、その意味の場合は、セツ、現代の中国音では shuō であるが、「論語」の冒頭におけるように、悦の字の意味に使う場合は、エツ、中国音ではyuèである。なおこのような、意味による音の差違は、日本の漢字音では充分に現われない場合がある。たとえば為の字は、イという日本音しかもたないが、「なす」の意味であるときと、「ために」の意味であるときとは、音がちがう。なす、つまり単純に行為する場合は、平声のイ、つまり軽いアクセントのイであって、中国音ではwéiであり、ために、つまりある目的を意識しての行為である場合は、去声のイ、つまり重いアクセントのイ、中国音ではwèiである。

また「斧斤《ふきん》」の二字は、どちらの一字も意味は「おの」であり、二字かさねても意味に変りはない。他の文章では、「斧」の一字だけ、あるいは「斤」の一字だけを、使うこともあるのに、「孟子」のここの文章ではそうせず、「斧斤」と二字かさねた語を使うのは、やはり文章のリズムの関係からである。もし「斧以時入山林」もしくは「斤以時入山林」であれば、リズムをとりにくい。「斧斤—以時—入—山林」でないと、句の姿がととのわないのである。

また「数罟」といい、「洿池」といい、「魚鼈」というのも、実は「斧斤」と似た関係にある、たびたびのあみ、ひくい土地の池、さかなとすっぽん、という意味を現わしたいためでも、もとよりあるけれども、かく二音の語を使う方が、単に「罟」といい、単に「池」といい、単に「魚」あるいは「鼈」というよりも、リズムがとりやすいのである。「時を以って山林に入る」の「時」とは、しかるべき時節の意、木を切ってよい時節、つまり木の葉が落ちた冬の季節を意味する。

ところで、この文章全体について、なお注意しておきたいことが、二つある。

一つは、

不違農時、穀不可勝食也、
數罟不入洿池、魚鼈不可勝食也、
斧斤以時入山林、材木不可勝用也、

この構成は、善政とその結果とを、三つの具体例についてあげ、くりかえして強調するものである。これまた対句のはじまりである。のちやがてもっと精緻な構成と、それに応じて複雑な効果を、中国の対句がもつに至る萌芽が、ここにも見える。これは初期の萌芽であるから、形式も素朴であり、めざす効果も、もっぱらくりかえしによる強調にとどまる。

いま一つは、右の三つの対句が、「農時に違わざれば、穀勝《あ》げて食ろう可からざる也」という訓読が示すように、上句は条件であり、下句は結果であるのを、語序のみで示すことである。条件と結果との関係は、如……、則……、の形で明示されることもあること、すぐ前の、

王如《も》し此れを知らば、則《すなわ》ち民の隣国よりも多きを望む無き也。

の例で見るごとくである。ここも、単に

不違農時、穀不可勝食也、

とせず、

如不違農時、則穀不可勝食也、

としてもよいように見える。しかしそれではリズムが悪くなる。だからそうしないのである。if……、then……、としなければ文章が成立しないような野暮ったい言葉で、漢文はないのである。

さてかくして、

穀與魚鼈不可勝食、材木不可勝用、是使民養生送死無憾也、養生送死無憾、王道之始也、

穀と魚鼈《ぎょべつ》と勝《あ》げて食《く》ろう可《べ》からず、材木勝《あ》げて用う可からざるは、是れ民をして生を養い死を送《おく》りて、憾《うら》み無から使《し》むる也。生を養い死を送《おく》りて憾み無きは、王道の始め也。

このように、穀物、魚鼈、材木が消費しきれないほどになるならば、かくて人民は、生きているあいだの生活を育て、死者を丁寧にほうむって、遺憾な点がないことになる。かく、生を養い死を送って憾《うら》み無きは、王道の発端である。「王道」とは道徳による完璧な政治の意。

文法的な説明としては、「是使民……」の、「是れ」は、「則ち」といってもよいところである。ときどきの語調、また気もちから、あるいは「則」を使い、「是」を使う。則《ソク》と是《シ》は、おなじくsではじまる音であり、これまたword familyである。また「使」は使役の助動詞であり、「……をして……せしむ」と読む。なお、このへんの文章、ことばに重複が多い。まずパラグラフのはじめが、前のパラグラフの終りのくりかえしで

ある。また「是使民養生送死無憾也」と一度いいきったのを、「養生送死無憾、王道之始也」と、もう一度提起する。いうまでもなく説得を有効にするための重複である。こうした故意の重複も「孟子」の文章の一特徴である。

さて、以下「孟子」は、彼のいわゆる「王道」が理想とする福祉政策を説く。

五畝之宅、樹之以桑、五十者可以衣帛矣、雞豚狗彘之畜、無失其時、七十者可以食肉矣、百畝之田、勿奪其時、數口之家、可以無飢矣、

五畝《ほ》の宅、之《これ》に樹《う》うるに桑を以ってすれば、五十の者以って帛《きぬ》を衣《き》る可し。鶏豚狗《けいとんこう》彘《てい》の畜《ちく》、其の時を失う無くば、七十の者以って肉を食ろう可し。百畝の田、其の時を奪う勿《な》くば、数口《すうこう》の家、以って飢《う》うる無かる可し。

孟子は、土地が私有でなく、公有であり、農民に均等に割り当てられることを、理想とした。「五畝の宅」とは、農民がその居住地として、耕地の中央に与えられる宅地である。その宅地に、穀作の副業として桑を植えたならば、五十歳の老人が絹を着ることが可能となる。またその「宅」における別の副業として、鶏、仔豚、犬、豚というよう

な家畜を、これも成育のしかるべき時期を間違えなければ、七十歳のものが肉を食うことが可能となる。「豚」は仔豚であり、「彘」は普通の豚であるが、「鶏豚狗彘」というのは、四字すなわち四シラブルによってリズムをととのえようとする欲求が、ここでも働いているであろう。犬も、古代では食った。「百畝の田」とは、すなわち均分して受ける耕地の広さである。「数口」の「口」は、家族一人をいう単位である。「勿奪其時」の「勿」は、無あるいは不とおなじ。勿《ブツ》、無《ブ》、不《フ》、は word family であり、意味に大差はない。「五畝之宅……」の句、「鶏豚狗彘之畜……」の句、「百畝之田……」の句の上に、if や since に当る語が、たとえば「如」としてあり、「五十者……」の句、「七十者……」の句、「数口之家……」の句の上に、then や hence に当る語が、たとえば「則」、あるいは「是」として、あってもよさそうなのに、なくてもすんでいることは、もはやお分りであろう。またこの文章全体が、類似の事項を列挙する強調であり、対句の萌芽であることも、お分りであろう。「可以」は「以って……す可《べ》し」と訓ずる。二字のうち重点は可の字にあり、以は添加の助字である。

さて、まずそのように、経済を安定させたうえで、

謹庠序之教、申之以孝悌之義、頒白者不負戴於道路矣、

庠序《しょうじょ》の教えを謹み、之に申《かさ》ぬるに孝悌《こうてい》の義を以ってすれば、頒白《はんぱく》の者道路に負戴《ふたい》せず。

「庠序」とは村の学校。名詞であるこの二字もまた、庠《ショウ》、序《ジョ》、とsではじまるword familyである。「之に申《かさ》ぬるに」は、あるいは「之を申《の》ぶるに」とも読めるが、教育の根本として、知育を施した上に、親に対する孝、兄弟に対する悌という道徳教育を、その上にかぶせる、の意であろう。「頒白」も他にあまり見えない単語であるが、しらがまじりの老人の意であることが、容易に想像される。注釈も、はたしてそのようにいう。しらがまじりの老人が、老人でありながら、道で荷物を背におう、というような親不孝なことはなくなるであろう。このあたりの句末には、「矣」がたびたび見えて、「だろうよ」と、語勢を句末で強調する。

かくして、

七十者衣帛食肉、黎民不飢不寒、然而不王者、未之有也、

七十の者帛《きぬ》を衣《き》て肉を食らい、黎民《れいみん》飢えず寒からず、然《しか》り而《しこ》うして王たらざる者は、未《いま》だ之れ有らざる也。

かくして、七十歳の老人は、特別な優遇として帛《きぬ》を着、肉を食べうるという、福祉の普遍が生まれる。ここの「衣」の字は、動詞である。「数」が名詞の「かず」であるとともに、動詞の「かぞえる」になり、「食」が名詞の「ショク」であるとともに、動詞の「くう」となるのと、おなじ関係である。中国音では音がちがい、名詞コロモの場合は、平声《ひようしよう》のyīであるに対し、動詞キルの場合は、去声《きよしよう》のyì。「黎民」は大たい人民の意。語源として、「黎」は黒い意であり、頭の毛が黒いからそういうと、注釈の説。はたしてそうかどうか。

かく人民全体の生活に不安がなくなる。そのようでありながら、しかも「王」、完全な統一君主、とならないものは、人間の経験に徴してあり得ない。この場合の「王」は、完全な道徳君主として中国全体の支配者。

「然而」は「然《しか》り而《しこ》うして」と訓ずる。「然」の字は「如此」、かくのごとし、の二字と、おなじと見て、おおむね通ずる。「未之有也」は、いまだこれ有らざるなり、と訓ずる。

「未《ビ》」の字も否定の助字であり、これまた不《フ》、無《ブ》、勿《ブツ》と、word family であるが、他の否定の助字よりも、より複雑な感じをもち、現在までの事態としてはそうでない、というのに傾くので、「未《いま》だ……せず」と訓ずる。また動詞が名詞代名詞より先に来るという通例の文法は、否定の助字が上に来ると、ときどき狂って、名詞代名詞の方が動詞に先行し、ここのように、「未之有也」となることがある。「孟子」のこの文章ばかりでなく、他でもおおむね「未之有也」であり、「未有之也」といういい方は、あまりないと感ずる。もっともかく否定の助字＋名詞＋動詞という形も、ときどきそうなのである。いつも必ずそうなるのではない。「未之有也」のように、なるものはなるが、ならないものはならない。たとえば、このあたりの例でいえば、「不違農時」は、不農時違とぜんぜんいえぬことはなく、「勿奪其時」を勿其時奪ということも、ぜんぜん不可能ではないのに、そうなっていない。なぜそうならないか。やはり主としてリズムの関係からである。たとえば「未之有也」は、今の中国音で読めば、wèi zhī yǒu yě であり、リズミカルであるが、もし「未有之也」といういい方があるとすれば、wèi yǒu zhī yě という音声のつらなりは、よりリズミカルでない。

さてかく孟子は、理想の政治形態を説いたのちに、現実の梁王、あるいは梁王ばかりでなしに、当時の君主たちの政治を攻撃する。

狗彘食人之食而不知檢、塗有餓莩而不知發、
狗彘《こうてい》人の食《しょく》を食らいて検するを知らず、塗《みち》に餓莩《がひょう》有りて発するを知らず。

犬や豚が人間の食べものを食っている。王の宮中ではそうである。上の「食」は動詞、下の「食」は名詞。わざと同じ字を使って、印象をつよめる。「検」は、英語でいえば、チェック。そうした不合理なぜいたくが行なわれていながら、それをチェックすることを知らない。「塗」は「途」とおなじく、道、道ばた。また「餓莩」は、餓え死にする人間であると、注にいう。「発」の字の意味は、常平倉を開いて施米をすること、と注に説くが、必ずそうであるかどうか、私は疑問をとどめる。上の「不知検」と対照すると、「発」も何か抽象的な意味であるかも知れない。

ここらあたりで「而」の字について、すこしく説明を加えよう。この字は接続の助字であって、事態の継起あるいは併存を示し、日本語のテニヲハのテに当ること、上篇でも説いたが（五二頁）、訓読は最も多くの場合、この字の一つ上に現われる字の送りがな

にテを附して、この字自体は読まない。つまり、

狗彘食人之食而不知檢、

は、

狗彘食《ライテ》二人之食《ヲ》一而不レ知《ラ》レ検《スルヲ》

とよみ、

塗有餓莩而可不知發、

は、

塗《ニ》有《リテ》二餓莩一而不レ知《ラ》レ発《スルヲ》

と読む。少くともその方が普通である。

もっともこれらの場合は、「而」の字の上下にある二つの事態が、矛盾の関係でならんでいる。狗彘が人の食を食う、というけしからぬ事態があるにも拘らず、反省を知らない、という関係で、事態が併存しているのである。そのためこうした場合の「而」の字を、丁寧な訓読では、シカモ、と訓ずることがある。すなわち、

狗彘人の食を食らいて而《し》かも検するを知らず、

塗に餓莩有りて而《し》かも発するを知らず、

というふうに、読むのである。

しかし一方、「而」の字は、もっと軽く、事態の自然な継起、あるいは併存、それを示すだけの場合もある。たとえば前の文章の、

塡然鼓之、兵刃既接、棄甲曳兵而走、或百歩而後止、或五十歩而後止、

棄甲曳兵而走は、「甲を棄て兵を曳く」という事態と、「走る」という事態との、自然な併存を示すにすぎない、矛盾の関係にはない。甲を棄て兵を曳き而《し》かも走る、のではない。「百歩」と「後止」、「五十歩」と「後止」の関係も、ただの継起である。こうした場合に対し、丁寧な訓読は、別の処理として、シコウシテ、という日本語をあてることがある。

甲を棄て兵を曳き而《しこ》うして走る。

或いは百歩にして而《しこ》うして後に止まり、或いは五十歩にして而《しこ》うして後に止まる。

しかし、以上のような丁寧な読み方は、いずれの場合も、訓読のリズムとしてややわずらわしいためであろう、あまり普通でない。「然而」を、然り而《しこ》うして、と読むのを例外として、その他の場合にはあまり使われない。はじめにいったように、一つ上に現われる字に送ったおくりがな「テ」にあずけ、この字自体としては訓読語を用意しないのが、普通のようである。

そもそも「而」も、中国語の原文としては、助字の一種であり、主としてリズムの関係から、加えられたり加えられなかったりする語である。

　棄甲曳兵而走、

は、

　棄甲曳兵走、

といえぬでない。

　狗彘食人之食而不知檢、塗有餓莩而不知發、

は、

　狗彘食人食、不知檢、塗有餓莩、不知發、

といって、一こうさしつかえない。現実の「孟子」の文章がそうなっていないのは、

意味的な強調の要素もいくぶんはあろうが、より多くリズムの整備のためである。あるいはリズムの整備による意味の強調のためである。いちいちの「而」の字につき、これは順接、これは逆接と、詮議するのは、ある場合にはある程度必要であるが、多くの場合には、愚である。西洋人が中国の文章の文法を講じた書には、往往、この愚をあえてするものがある。日本人は西洋人よりは、漢文がよく読めるはずだから、西洋人のひそみにならう必要はない。更に余談を語れば、ある西洋の大学で中国語を教えている中国人教授が、あまり学生からうるさくこの類の助字についてきかれるので、しまいに腹を立て、meaningless particle！と、大声でどなったという話がある。

余談はそれくらいにして、「孟子」の本文にかえれば、次には、最も激烈なことばが現われる。

人死則曰、非我也、歳也、是何異於刺人而殺之、曰、非我也、兵也、

人死すれば則《すなわ》ち曰《い》わく、我に非《あら》ざる也、歳《さい》也と。是れ何ん人を刺して之れを殺し、曰わく、我に非ざる也、兵也、というに異ならんや。

「歳」とは、ここでは一年の収穫の意である。道ばたに死人がころがっているとして、その場合、それは私の責任ではない、収穫の責任である、といったならば、人を刺し殺しながら、自分の責任ではない、刀の責任であるというのと、何の違いがありますか。

王無罪歳、斯天下之民至焉、
王、歳《さい》を罪する無くば、斯《すなわ》ち天下の民至る。

あなたが一年の収穫に責任をおっかぶせるような気もちをなくすれば、すぐ世界じゅうの人間があなたのところへやって来ましょう。人口はどっとふえましょう。かくてこの一章の論弁は終る。「王無罪歳」は、王、歳を罪する無くば、という訓読が示すように、条件であり、仮定である。しかし条件であり仮定であることを明示する「如」の字、あるいはその同義語である「若」の字は、ここにも用いられていない。もし「王如無罪歳」というようないい方をすれば、文章のリズムがだらけてしまい、ここまでの大声叱咤がむだになってしまうからである。

それに対し結果をいう方は、「斯天下之民至焉」、斯ち天下の民至る、と「斯」の字がある。「斯」は「則」の同義語であり、音も、則はソク ze、斯はシ si と、あい近い。また是のシ shi とも近い。したがって「斯」もコレ、ココニ、と訓ずることもある。ここでは「則」と同義として、スナワチと訓ずるが、ある条件による結果の生起を、「則」よりも速度感をもって指摘する。すぐそうなりますよ、といった感じである。そうした「斯」の字の性質をここにきかせたのである。そうして最後に「焉」の字が、天下の民がやって来るというよき状態が、永続した安定したものとして出現するであろう、という気持を示して、文章は終る。「矣」でもよいところであるが、ここは「焉」でなければならぬ気がする。こうした文章の呼吸は、字引きをひいて考えてみてもむだである。この文章のここにこう使われているのを、熟読玩味して会得するのが、一ばん有効でもあり、早道でもある。「読書百遍、意自《お》のずから通ず」というのは、他の言語においても真理であろうが、漢文においては、もっとも真理であることを、もう一度強調したい。以上、「孟子」の文章を、一条だけ説いた。全書を読みたい人は、金谷治「孟子」（朝日新聞社「中国古典選」）によられたい。

ところで、こうした「孟子」の文章の文体は、同時代の諸思想家、すなわちいわゆる「諸子《しょし》」の文体でもある。少くとも大ざっぱにいってそうである。うちもっとも文章が、内容に応じてロマンチックなのは、道家の書「荘子」であるが、私にとっては熟読の書でない。福永光司「荘子」(朝日新聞社「中国古典選」)を見られたい。

「荘子」のみでない。他の「諸子」も、私の熟読の書でないのであるが、道家の祖とされる「老子」の文章は、一つの点で、私の注意をひく。すなわちこの逆説の書の文章には、対句的な表現が、もっとも多いことである。

たとえばその第二章の、

天下皆《みな》美の美たるを知るは、斯《こ》れ悪已《のみ》。皆《みな》善の善たるを知るは、斯《こ》れ不善已《のみ》。故に有無相《あ》い生じ、難易相い成り、長短相い形《あらわ》れ、高下相い傾け、音声相い和し、前後相い随《したが》う。是《ここ》を以って聖人は無為の事に処《お》り、不言の教えを行う。万物作《おこ》りて辞せず、生まれて有せず、為《な》して恃《たの》まず、功成りて居《お》らず。夫《そ》れ唯《た》だ居らず、是《ここ》を以って去らず。

その原文を、図式で示せば、次のごとくである。

天下
- 皆知美之爲美、斯惡已、
- 皆知善之爲善、斯不善已、

故
- 有無相生、
- 難易相成、
- 長短相形、
- 高下相傾、
- 音聲相和、
- 前後相隨、

是以聖人
- 處無爲之事、
- 行不言之教、
- 萬物作焉而不辭、
- 生而不有、
- 爲而不恃、
- 功成而弗居、

夫唯弗居、
是以不去、

ここにはうるさいまでのリズムのくり返しがある。一句を四字四シラブルにまとめようという傾向も、過剰なまでに顕著であって、全十八句のうち、十一句までがそれである。中世の美文の最も有力な萌芽が、この逆説の書にあるように思われる。かつて私の書いた論文「老子における対偶について」（日本中国学会報第四号）は、そのことを論ずる。

このごろよく話題になる兵家の書「孫子」に至っては、もっとも読んでいないが、その文体を検するために、開いてみると、開巻第一、「始計」篇のはじめは、次のごとくである。

孫子曰、兵者、國之大事、死生之地、存亡之道、不可不察也、故經之以五事、校之以計、而索其情、一曰道、二曰天、三曰地、四曰將、五曰法、道者、令民與上同意、可與之死、可與之生、而不畏危也、天者、陰陽寒暑時制也、地者、遠近險易廣狹死

生也、將者、智信仁勇嚴也、法者、曲制官道主用也、凡此五者、將莫不聞、知之者勝、不知者不勝、

孫子曰《い》わく、兵なる者は、国の大事、死生の地、存亡の道、察せざる可《べ》からざる也。故に之れを経《めぐら》すに五事を以ってし、之れを校《ととの》うるに計を以ってし、而《しこ》うして其の情を索《もと》む。一に曰わく道、二に曰わく天、三に曰わく地、四に曰わく将、五に曰わく法、道なる者は、民をして上《かみ》と意を同じくせしめ、之と死す可く、之と生く可く、而うして危《あやう》きを畏《おそ》れざらしむる也。天なる者は、陰陽寒暑時制也。地なる者は、遠近険易広狭死生也。将なる者は、智信仁勇厳也。法なる者は、曲制官道主用也。凡《およ》そ此の五つなる者は、将《まさ》に聞かざる莫《な》からんや。之を知る者は勝ち、知らざる者は勝たず。

やはり四字句の頻出が、顕著である。

# 第三　古代の叙事の文章　「左伝」を例として

前五〇〇年から前二〇〇年に至る戦国時代、それは中国の文章語の文体が、以後の長い時代をも支配するものとして定立した時期であるが、この時期の文章の大部分は、前章で「孟子」を例としてのべたように、議論の文章である。

しかし叙事の文章も、より少い量では存在する。うち最も大きな文献であり、また最も名文とされるのは、「春秋《しゅんじゅう》左《さ》氏《し》伝《でん》」三十巻、略しては「左《さ》伝《でん》」である。

著者は孔子の弟子左丘明《さきゅうめい》といわれてきたが、近ごろでは必ずしも信ぜられていない。他の多くの古代文献とおなじく、著者、あるいは編者は、不明とするほかない。

その書は、前に五経の一つとしてのべた「春秋」の解釈という形で書かれている。「春秋」の文章は前にのべたように、至って簡単である。たとえば前に例としたBC七二〇年、隠公三年の条の一句は、

冬十有二月、齊侯鄭伯盟于石門、

冬十有二月、斉侯と鄭伯と石門に盟《ちか》う。

と、事がらの帰結を簡単に記すだけであり、そっけないまでに簡単である。ところで「左伝」は、事件の経緯をよりくわしく説明する。ただいまの条についていえば、このたびの盟約の経緯を、

冬、齊鄭盟于石門、尋盧之盟也、

冬、斉と鄭と石門に盟うは、盧《ろ》の盟を尋《あたた》むる也。

前に盧《ろ》という地名のところでむすんだ条約を確認するためであったと、説明する。更にまた、

庚戌、鄭伯之車、僨于濟

庚戌、鄭伯の車、済に償《くつがえ》る。

と会盟をおえて帰国の途にある鄭の伯爵の車が、庚戌《かのえいぬ》の日、済水《せいすい》のそばで転覆した。そうした珍事があったと、挿話を附記する。

右は、「左伝」の「春秋」に対する敷衍説明の例として、最も簡単なものをあげたのであり、「左伝」の文章の特長を示すのに、充分でない。「左伝」の文章は、委曲に事件の細部にまで、叙述の筆をくいこませるのが、通例である。叙述されている事件は、孔子の祖国であり、「春秋」が記述の中心とした魯《ろ》の国をはじめ、江戸時代の大名のように、各地域に分封されていた国国の、国内的な事件、うち最も多いのはお家騒動、また国外的には、各国間の外交、戦争。紀元前八世紀から五世紀という古い時間の歴史事実を、これほどまで詳細に叙述した書は、他の地域では稀であろう。しかもその文章は、極度に簡潔である。作為的に簡潔である。内容的には委曲をつくしながら、表現としては簡潔きわまる。叙事の文の四つの模範「左国史漢」の、トップに位するにふさわしい。

といって、その面目を最も発揮するような長い条をあげるのは、他日を待たねばならない。比較的短い条として、魯の桓公《かんこう》十五年、ＢＣ六九七年、河南省鄭州を首都とする

鄭《てい》の国でおこったお家騒動の条を、あげる。それは「春秋」の本文では、

五月、鄭伯突出奔蔡、

五月、鄭伯突《とつ》、蔡に出奔す。

と、簡単に記述する事件であるが、それに対する説明として、「左伝」は次のように叙述する。

祭仲専、鄭伯患之、使其壻雍糾殺之、將享諸郊、

祭仲専《もっぱ》らなり、鄭伯之を患《うれ》う。其の壻雍糾《むこようきゅう》をして之を殺さしむ。将《まさ》に諸《こ》れを郊に享《きょう》せんとす。

「祭仲」とは、その国の家老の名である。「専」は専断のふるまいあること。「鄭伯」は鄭の国君である伯爵であり、名は突《とつ》。「之を患《うれ》う」。祭仲の専横をいやがった。この伯爵は、前に乗用車を顛覆させた先代の子であり、かつては国外に亡命していたのを、この

家老に迎え取られて、故国に返り、君主となったこと、「左伝」の前の方に見えるが、家老は功労をほこって、専断のふるまいがあった。少くともそのように君主の伯爵には思われた。かくて家老祭仲の殺害が、伯爵によってくわだてられることとなった。伯爵が相談相手としたのは、祭仲の女壻《じょせい》の雍糾《ようきゅう》という男であり、それにしゅうとの祭仲の殺害をはからせた。「其の壻雍糾をして之を殺さしむ」。使㆓其壻雍糾殺㆒㆑之。「使」の字は使役の助動詞であり、いつものように、……をして……せしむ、と訓読される。ところで事態は、殺害をはからせたのであって、殺害させてしまったのでない。雍糾による祭仲の殺害は、未来における希望として、君主鄭伯の心にある。他の言語ならば、「殺させようとした」、などと、未来形の助動詞を使って、それをいうであろう。また漢文でも、そうしたいい方をしようとすればすることが、むろん可能であって、そのためには「将」音ショウ jiāng、という助字がある。訓読の習慣では、「将《まさ》に……せんとす」と読む字である。それを加え、「将㆑使㆓其壻雍糾殺㆒㆑之」、「将に其の壻の雍糾をして之を殺さしめんとす」といえば、未来の希望に属することが、字づらに表現されるわけである。しかるにここの文章がそういわないのは、上下の文章を読めば、事態が未来の希望に属すること、自明であるからである。ゆえにただ「使其壻雍糾殺之」という。

さて殺害の方法としては、壻《むこ》の雍糾に、しゅうとの祭仲にむかって、郊外で御馳走するからといわせ、殺害に便利な場所までおびき出させることを、くわだてさせた。それだけのことが、「将レ享二諸郊一」、「将《まさ》に諸《こ》れを郊に享《きょう》せんとす」と、ただの四字で表現されているが、ここでは未来の願望を現わす助字「将」が、はっきり加えられている。「享」は、饗応の饗の字の古体。また「諸」音ショ zhū は「之於《シオ》」zhī yú 二字のつづまって一語一字になったものとされる。つまり「将レ享二諸郊一」は、「将レ饗二之於郊一」とおなじである。

ところでそのことを祭仲のむすめであり雍糾の妻である女性がきき知って、心をいためた。女性の名は雍姫《ようき》と記されている。

雍姫知之、

雍姫之を知る。

心をいためた雍姫は、母、すなわち里方の祭仲の妻に、相談することとし、まず遠まわしに質問を発した。

謂其母曰、父與夫孰親、

其の母に謂《い》いて曰わく、父と夫《おっと》と孰《いず》れか親しき。

父と夫は、どっちが親密な存在でしょうか。つまりどちらをより大切にすべきでしょうか。「孰」音ジュク shú の字は、場合場合によって who でもあり what でもあり which でもある。ここはその一つをえらぶとすれば which である。

ところで母の答えは、

其母曰、人盡夫也、父一而已、胡可比也、

其の母曰わく、人は尽《ことごと》く夫《おっと》也。父は一つ而已《のみ》。胡《な》んぞ比《ひ》す可《べ》けん也《や》。

「人は尽く夫也」。ここの「人」はむろん複数である。多くの人間、それらは、尽くぜんぶ夫となる資格をもっている。「人尽夫也」。しかしおとうさんは、一人しかいません。大事にしなくちゃ。「父は一つ而已《のみ》」。「而已《ジイ》」ér yǐ の二字は、「耳《ジ》」ěr の一字が、のびて二字になったといわれる。

そうして母の結論は、「胡《な》んぞ比《ひ》す可《べ》けん也《や》」、胡可レ比也。誰でもがなれる夫の地位と、一人しかないお父さんの地位とを、どうして比較できますか。比較にはなりませんよ。むろんお父さんの方が大事です。「胡《な》んぞ」と訓読する「胡《コ》」は、「何《カ》」の古語であり、コ、カ、と同じく日本語ではkの子音、現代中国音では胡hú何héと同じくhの子音ではじまるという音声の相似が、意味の相似をも示している。whatでもありwhyでもありhowでもあるが、ここは英語に訳せばwhyもしくはhowになるであろう。「胡《ンゾ》可《ケン》レ比《ス》也」。

母の言葉を聞いた娘、それはおそらく年はのゆかないおさな妻であったろうが、いろいろ思いなやんだあげく、とうとう思いきって、父の祭仲に陰謀の次第をうちあけた。

遂告祭仲、
遂《つい》に祭仲に告ぐ。

「遂」の字は、ついに、と訓ずる。前のこと、たとえばここでは母の教え、それをきっかけとして、のちのこと、ここでは「祭仲に告ぐ」が、おこる場合に、使われる。必ずしも、とうとう、ではない。

曰、雍氏舍其室、而將享子於郊、吾惑之、以告、
曰わく、雍氏其の室を舍《す》て、而《しこう》して将《まさ》に子《し》を郊に享《きょう》せんとす。吾《わ》れ之れに惑《まど》う。以って告ぐと。

「舍」は捨の古字。「室」はいえ、屋敷。雍《よう》の家ではせっかく屋敷があり、そこで御馳走すればよさそうなものなのに、そうした常道を捨て抛棄して、あなたを郊外で御馳走しようとしています。而将㆑享㆓子於郊㆒。「子」は、「論語」「子曰」の「子」、また「孟子」の「子」が、先生の意であるのをふくめ、親しい長者への尊称。吾惑㆑之、わたしにはわけがわかりません。以告、以って告ぐ。それを申しあげておきます。ここの「以」の字はそれをにあたる。

以上の娘の言葉は、夫への気兼ねもあって、なお暗示的である。しかし父の祭仲が起こるべき事態を見ぬいてしまうには充分である。それについての祭仲の心理のうごき、

またそのためになした処置、行動の経過、それらを凡庸な文章家ならば叙述するであろうが、「左伝」の文章は、それを一さい叙述しない。ただ処置の結論だけをのべる。

祭仲殺雍糾、尸諸周氏之汪、
祭仲、雍糾を殺し、諸《こ》れを周氏の汪《おう》に尸《さら》す。

「周氏」とは別の家老の家である。その家の前にある池のそばに、殺した雍糾の死体をさらした。「汪は池なり」と、「左伝」の注釈者の権威である杜預《どよ》はいう。また「尸」の字の原義は、しかばね、死体、という名詞であるが、これも名詞が動詞として使われた例であり、「さらす」と訓読すべきことになる。

叙述は以上で終らない。雍糾に祭仲の殺害をくわだてさせたのは、君主鄭伯の意思である。危害が君主の伯爵にも及ぶのは必定である。君主は国外に亡命した。しかし自己のために死んだ雍糾をあわれみ、雍糾の死骸を亡命の車にのせた。そのことを「左伝」は、ただの四字で叙述する。

公載以出、

公、載《の》せて以って出《い》づ。

「公」とは、との、の意であり、すなわち鄭の伯爵であることというまでもない。「載」、のせる、この一字は、それで雍糾の死体を車にのせたことを示す。より詳しいい方が、不可能ではない。載の目的語を示して、載二其尸一、其の尸《しかばね》を載せて、とすることが、不可能ではない。あるいは代名詞、之、を使って、載レ之、之を載せて、とすることも、不可能ではない。更にまた、載せた場所が車であることを明示するために、載二其尸於車一、其の尸を車に載せて、あるいは、載二之車一、載二之於車一と、之を車に載せて、と訓読される文章を作ることも、可能である。しかし現実の「左伝」の文章はそうしていない。ただ「載」の一字のみを用いる。事態は充分にそれで現し得るからである。載せた客体は、すこし考えれば、雍糾の死体であること自明であり、のせた場所が、亡命の車であることは、一そう自明である。自明なことをいうのは、いなかもののすることである。もし「載」は他動詞であり、他動詞の下には少くとも代名詞を伴うのが、他のおおむねの言語の法則であるのに、これはそうでないのはおかしいというならば、そういう人の方がおかしい。他動詞が必ず目的語を伴うのは、ある種の言語のみがもつ習慣的法則であって、言語の普遍な法則でない。漢文にはそうした法則がないのである。

また「載以出」の、「出」の字は、国から出て行ったことを意味する。しかし「国から」という必要はない。国君について「出」といえば、国外への亡命であることは、自明である。建物の門から外へ出ること、首都から地方へゆくこと、またこの場合のように国外へ出ること、みな「出」の一字であらわされる。しかも、上下の文章から判断して、判断に迷うことは、原則としてないようである。

ところで叙述はなお終らない。亡命途上の鄭伯が、雍糾の死を批評した言葉を記録して、この条をむすぶ。

曰、謀及婦人、宜其死也、

曰わく、謀りごと婦人に及ぶ。宜《うべ》なり其の死するや。

密謀をおんなにまで相談した。ばかなやつ。死は当然だ。ほかに相談相手もあろうに、女にまで相談した。そのまでが「及」である。「宜」の字はより多くの場合、「宜《よろ》シク……スベシ」と訓読される。ここの場合のように、過去に属する事態について、その当然さを指摘する場合は、「ウベナリ……ヤ」、と訓ずるのが例である。

ところでこの簡潔きわまる叙事の文章には、なお一つ注意をひく点がある。リズムの整理である。原文をもう一度あげれば、

祭仲専、鄭伯患之、使其壻雍糾殺之、將享諸郊、雍姬知之、謂其母曰、父與夫孰親、其母曰、人盡夫也、父一而已、胡可比也、遂告祭仲、曰、雍氏舍其室、而將享子於郊、吾惑之、以告、祭仲殺雍糾、尸諸周氏之汪、公載以出、曰、謀及婦人、宜其死也、

全二十三句のうち、四字句は十一であって、実に約半数をしめる。リズムの整頓への敏感は、この叙事の文章にも、このように顕著にある。また注意すべきは、会話の部分にもそれがあることである。母の言葉、

人盡夫也、父一而已、胡可比也、

また伯爵の言葉、

謀及婦人、宜其死也、

前者の場合は、

人盡夫、父一耳、可比也、

人は尽《ことごと》く夫、父は一のみ、比す可《べ》けんや、

といっていえぬことはない。そういわないのは、助字を作用させて、四、四、四のリズムを作るためであったと思われる。

創始期の文章が、すでに当時の口語でないことは、この辺からもいよいよあきらかであろう。このように整斉なリズムを、口頭の言語も、常に保持していたとは、考えられないからである。

なお「左伝」には、文語は口語と距離をもちつつ、特別に美しい言語でなければならぬという主張を、みずから語る条がある。魯の襄公の二十五年、すなわちBC五四八の条に、「仲尼」すなわち孔子が、鄭の名宰相子産《しさん》の文章を批評した語として、いう。

仲尼曰、志有之、言以足志、文以足言、

仲尼曰わく、志《し》に之れ有り。言は以って志《こころざし》を足し、文は以って言を足すと。

最初の「志」の字は、古書の意であって、以下、孔子よりも更に古い文献の語であるが、孔子はまずそれを引用して、「言は以って志を足し、文は以って言を足す」という。この「志」の字は、人間の心理の意であって、言語は心理の充足であり、文章は言語の充足である、というのである。そうしてかく古文献の規定を引いた孔子は、つづけていう、

不言、誰知其志、言之無文、行而不遠、

言わざれば、誰か其の志を知らん。言の文無きは、行われて遠からず。

言語表現があってこそ、心理はわかる。しかしながら、ただの言語であってはいけないのであって、文章としての整頓の要素をもたない言語は、遠くまでの普及力をもたない。

つまりリズムをもった文語にして、はじめて普及力をもつのであり、それは素朴な口語とことなるという思想である。「論語」以外の文献に、孔子の語として見えるものは、必ず孔子の語であるかどうか、疑わしいとされるが、いまの場合、それは問題でない。文語を、特殊な美しい言語としてあらせたいという思想が「左伝」の中に示されていることを知れば、充分なのである。そうして「左伝」の文章は、この思想を実践するものなのである。

また古代における文語と口語の乖離《かいり》、その関係を示す又一つの文献として、「五経」の一つ「易」に対し、孔子が書いたと伝えられる「繫辞伝《けいじでん》」にも、次の条がある。

子曰、書不盡言、言不盡意、然則聖人之意、其不可見乎、

子曰わく、書は言を尽《つ》くさず、言は意を尽くさず、然《しか》らば則《すなわ》ち聖人の意は、其れ見る可《べ》からざる乎《か》。

ここにいう「書」とは書物の文章、「言」とは口頭の言語、「意」とは人間の心理である。書物の文章は、口頭の言語のすべてを書きつくすことはできず、口頭の言語は人間

の心理の全部をいいつくすことはできない、というのであり、そうした現象が大前提としてあるからには、文化の指導者である「聖人」の「意」、心理も、意>言>書と、三つの段階を経ているゆえに、「其れ見るべからざる乎」、はっきりはわからないとしてよいであろうか、というのが、全文の意味である。

前の孔子の言葉が、志<言<文と、三つを充足の過程でいうのに対し、これは意>言>書を、脱落の過程と見る。見方はちがうけれども、文語と口語は別ものという意識、またそうした現実、その存在を、示すことはおなじである。

「左伝」のほか、戦国時代の叙事の文章としては、「国語」があり、「戦国策」がある。「国語」二十一巻は、「左伝」とおなじく、左丘明の著とされ、内容は、「左伝」が年代順に叙述するような各国の事件を、国別に叙述したものであり、そのため「春秋外伝」と呼ばれることがある。いわゆる「左国史漢」の第二であるが、叙述する事件の数は、「左伝」より少く、文章も「左伝」ほどには精彩がない。

また「戦国策」は、必ずしも叙事のみの書でない。蘇秦《そしん》、張儀《ちょうぎ》など、列国対立時の詭弁的な外交官、その弁舌の記録が頻出する。江戸時代の人人の愛読書の一つであったらしい。私はほとんど読んでいない。紹介をさしひかえ、太宰春台の門人、湯浅常山の

・「文会雑記」に見えた挿話を附記する。

国策ヲ春台ノ方ニテ会アリシ時、甚ダヨミニクキ物ユヘ、コレハ遊説ノ云マワリタルコトナレバ、トカク口ニテ云テ見タルガヨキトテ、会読ニメイ〳〵本文ノ通ヲ、今日ノ口上ニテ云テミタルト也、

セミナーの参会者が、それぞれ役割りを分け、外交交渉の当事者になったつもりで、口語訳をたたかわしたというのである。

# 第四　歴史書の文章

## 1　「史記」の文章

　BC二二一、秦の始皇による大統一帝国の出現、それは中国史のさいしょの画期である。それ以前にも文章が、多量の議論の文章として、またより少量ではあるが叙事の文章として、充分の発展を示していたことは、上述の如くである。

　しかし叙事の文章が、確固たる存在となって、以後の中国の文明に、大きな地位をしめるはじめとなるのは、漢の大歴史家司馬遷《しばせん》の大著「史記」によってである。書物は、秦の始皇の大帝国の事業が、一代で崩壊したあと、その相続者となり、中華帝国の体制を一そう完全にした漢王朝が、初代高祖《こうそ》によって創始されてから百年後、五代目の皇帝武帝《ぶてい》の時代、紀元前一〇〇年のころに、書かれている。

この書物は、当時の意識における世界の歴史として書かれた通史である。著者司馬遷が歴史の初めと意識した黄帝《こうてい》の時代に始まり、著者自身の時代である漢の武帝の時代に終る。そうして横のひろまりとして、東は朝鮮、西は大宛《たいえん》すなわちフェルガーナと、司馬遷の知見にふれた限りの空間におよんでいる。異常な才能のもちぬしである著者は、性格的にも異常な点があったと思われ、友人李陵の敗戦を弁護したため、武帝の怒りにふれて、「腐刑」すなわち去勢という恥辱の刑罰を受けた。恥辱をこうむりながら自殺しないのは、人類の文明の総括また批判として、みずからの著書を完成したいからだと、友人任安《じんあん》に与えた書翰にいう。

「史記」百三十巻の中心となるのは、黄帝以下、歴代の帝王の伝記の部分である「本《ほん》紀《ぎ》」十二巻、また歴史の組成にあずかった人物の伝記の部分である「列伝」七十巻である。「列伝」の人物は、政治家、軍人、官僚、哲学者、古典学者、詩人などのみではない。暗殺者、医者、遊び人、占卜者、俳優、男色、商人にも及んでいる。それら伝記のモンタージュで歴史を書くということは、すでにその書物に文学性を賦与する。また著者は、その蒐集した広汎な資料のなかから、厳密なスクリーニングを行ない、神話、伝説、お伽ばなし、の類はすべて捨て、この地上にたしかに存在した客観的事実のみを記録する、と、しばしば宣言するが、みずからの悲劇的な性格と環境のため、筆は常に文学的にふくらむ。武田泰淳「史記の世界」(文藝春秋社)は、日本人のためにそれを語り、Burton Watson : *Ssŭ-ma Ch'ien, Grand Historian of China* (New York, 1958) は、英語国民のためにそれを語る。(今鷹真訳「司馬遷」筑摩叢書はその邦訳)私の文章としては「史伝の文学」が、それにふれる。

しかし「史記」を文学として見るのは、むしろ近ごろの意識である。過去の日本人の意識としては、叙事の文章の最高の名文であった。漱石のいわゆる「左国史漢」の「史」である。

もっとも愛読されたのは、「列伝」であろう。こころみに、秦帝国の宰相であり、始皇の権力政治の最もよき協力者であった李斯《りし》の列伝は、次の如き叙述ではじまる。

李斯者、楚上蔡人也、年少時爲郡小吏、見吏舍厠中鼠、食不潔、近人犬、數驚恐之、斯入倉、觀倉中鼠、食積粟、居大廡之下、不見人犬之憂、於是李斯乃歎曰、人之賢不肖、譬如鼠矣、在所自處耳、乃從荀卿學帝王之術、

李斯《りし》なる者は、楚《そ》の上蔡《じょうさい》の人なり。年少《としわか》き時、郡《ぐん》の小吏と為《な》る。吏舎《りしゃ》の厠中《しちゅう》の鼠《ねずみ》、

不潔を食らい、人犬《じんけん》に近づき、数《しば》しば之に驚恐《きょうきょう》するを見る。斯《し》、倉に入り、倉中《そうちゅう》の鼠を観るに、積粟《せきぞく》を食らい、大廡《たいぶ》の下に居《お》り、人犬の憂いを見ず。是《ここ》に於いて李斯乃《すなわ》ち歎じて曰わく、人の賢不肖は、譬《たと》えば鼠の如し、自《み》ずから処《お》る所に在る耳《のみ》と。乃《すなわ》ち荀卿《じゅんけい》に従いて帝王の術を学ぶ。

「上蔡」は地名、いま河南省の上蔡県。「厠」は、かわや、便所。「不潔」は人糞。厠へそれを食いに来る鼠は、人や犬に近い存在であり、人と犬におどろきおびやかされること、しょっちゅうである。一方、米倉の中の鼠はどうか。「大廡」の廡《ぶ》は、屋根。その下にいるために、「厠中の鼠」のような心配はない。かくて若き日の李斯は、大きいためいきをついた。「不肖」は賢の反対。賢といい不肖という、「自《み》ずから処《お》る所に在る耳《のみ》」、その人間がどんな場所、立場にあるかによってきまる。自己の能力によるよりも、境遇によってきまる。おれは権力をもつ境遇にいたい。かくて、「荀卿」とはすなわち普通にいう荀子であるが、その弟子となり、「帝王の術」を勉強した。いわゆる「帝王の術」は、マキアヴェリズムの要素を多分にもつものであったようにひびく。

なお文中に、是《ここ》に於いて李斯乃ち歎じて曰わく、また、乃ち荀卿に従いて帝王の術を学ぶ、と二度見える「乃」の字、音はダイ nǎi について説明を加えておこう。この字、「則」「即」などとともに、「すなわち」と訓ずるのが、訓読の例であるが、感じはちがう。最もおもおもしい「すなわち」であって、事態が、熟慮ののち、決意ののち、摩擦ののち、抵抗をへてのちに、おこるときに、用いられる。二つの鼠を見た李斯は、そこでおもおもしく歎息した、人間は権力をもつべきだ、そう考えた李斯はそこでそのための学問を思い立った、そうした気もちを示す。

以上が、後年の権力的な宰相、李斯の伝の、書き出しである。人生の早い時期の挿話的な事蹟を、その人物の性格を暗示し、あるいはその一生を規定するものとして記すのは、司馬遷の「列伝」が、しばしば用いる手法である。はたして李斯は、秦の始皇の宰相として、かねて抱懐する政策を、縦横に実行するが、始皇の死後、みずからの権力にたおれて、刑死する。

「本紀」「列伝」をはじめ、すべての巻のさいごには、「太史公曰わく」として、司馬遷の評論がある。李斯列伝の場合は、この秀才が、本当の文明への意欲に乏しかったことを、おしむ。

近ごろ何種か出た「史記」の翻訳のうち、多くの「列伝」、またいくばくかの「本紀」

を訓読に訳したのは、田中謙二、一海知義「史記」(朝日新聞社「中国古典選」)である。「本紀」のうち、最も日本人に愛読されたのは、おそらく「項羽本紀《こううほんぎ》」である。項羽は、周知のように、漢の高祖劉邦《りゅうほう》の対立者であった。対立する英雄ではあったけれども、完全な統一君主ではない。その事蹟を、「列伝」の一巻とせず、帝王の伝記「本紀」の一巻としたことについては、後世の学者の批判をも、招いている。著者司馬遷としては、秦帝国壊滅後、漢帝国成立までの空虚の時間、それを充たす実権者は項羽であると見て、「本紀」の一巻としたのであろう。また、失敗の英雄項羽は、感情的にも司馬遷が、特別な同情をもつ人物であったようにも思われる。なににしても、ある摩擦を経て成立した巻であるだけに、ことに情熱をおび、「史記」全巻の中でも、有数の名文である。ことにBC二〇二、項羽が、劉邦すなわち漢の高祖との、最後の決戦に破れるあたりは、ことに有名である。

まずあるのは、例の四面楚歌のくだりである。

項王軍、壁垓下。

項王《こうおう》の軍、垓下《がいか》に壁《へき》す。

「項王」はすなわち項羽。「垓下」は地名。「壁」はそこに陣を作る。

兵少食盡、漢軍及諸侯兵、圍之數重、夜聞漢軍四面皆楚歌、項王乃大驚曰、漢皆已得楚乎、是何楚人之多也、

兵少くして食尽く。漢の軍及び諸侯の兵、之を囲むこと数重《ちょう》。夜、漢軍の四面皆《みな》楚歌するを聞き、項王乃《すなわ》ち大いに驚きて曰わく、漢皆已《みなすで》に楚を得たる乎《か》。是《こ》れ何んぞ楚《そ》人《ひと》の多きや。

楚《そ》は項羽の故国である。漢は敵の劉邦である。四方をとりかこむ漢軍の陣営からきこえて来るのは、項羽の味方であるべき楚の国の歌であった。同郷のかつての友軍、みな漢に降伏した証拠でなければならない。そのおどろきは、「乃《すなわ》ち大いに驚きて曰わく」と、「乃」の字を加えて表現されるに、あたいする。

かくて項羽は、めかけ虞美人《ぐびじん》と酒をのみ、例の有名な、「力は山を抜き気は世を蓋《おお》う、時に利あらず騅逝《すいゆ》かず、騅の逝かざる奈何《いかん》す可《べ》き、虞《ぐ》や虞や若《なんじ》を奈何《いかん》」という歌をうた

ったあと、かこみをついて逃げ出す。そのあとにつづく文章は、すこし別の点から、甚だ有名である。

項王至陰陵、迷失道、問一田父、田父紿曰、左、左、乃陥大澤中、以故漢追及之、

項王陰陵《いんりょう》に至る。迷いて道を失う。一田父《でんぷ》に問う。田父紿《あざむ》いて曰わく、左せよと。左す。乃ち大沢《だいたく》の中に陥《おちい》る。故を以って漢追いて之に及ぶ。

「陰陵」は地名。今の安徽《あんき》省定遠県。「田父」は百姓おやじ。ところでこの文章が有名なのは、百姓おやじが、おちめの項羽をだまくらかして、「大沢《だいたく》」大きな沼にはいりこんでしまう道をゆびさし、左の方へ行きなさい。そういったのを、中国語の特性を利用し、ただの一語、「左」で現わすためである。訓読すれば、「左せよ」とならざるを得ないが、原文はあくまで、「左」の一字である。

悪意ある教示をすなおにきいた項羽は、教えどおり左の方へ行く。それも「左す」と、「左」の一字で示される。かくて彼は大きな沼の中に迷い込み、悲壮なさいごをとげる。

しかし「項羽本紀」はあまりにも有名である。今はそれを避けて、漢王朝の創業者で

ある高祖が、まだ田舎の顔役であったころからの妻であり、のち皇后となっては「呂《りょ》后《こう》」と呼ばれた女性、その「本紀」を、やや詳しく読んでみよう。この婦人も、皇后であって皇帝ではない。しかるに、「呂后本紀《りょこうほんぎ》」として一篇を立てている。高祖死後の実力者は、ほかならぬ彼女であったとする見解からであろう。この巻における司馬遷の主題は、人間の悪意の深刻さ、それをうつすことにあるように思われる。叙述は、次のようにしてはじまる。

呂太后者、高祖微時妃也、
呂太后《りょたいこう》なる者は、高祖微《び》なる時の妃《ひ》也。

「者」音シャ zhě は、主格を強調するために添えられた助字。「微」は微賤の意味であり、高祖がまだいなかの村長ないしは顔役であったころを意味する。「妃」とはひろく配偶の意、必ずしも貴人の配偶ではない。

生孝惠帝、女魯元太后、

孝恵《こうけい》帝と女《むすめ》の魯《ろ》元太后《げんたいこう》を生む。

「魯元太后」とは、娘が後になった地位。

及高祖爲漢王、得定陶戚姫、

高祖漢王と為《な》るに及びて、定陶《ていとう》の戚姫《せきき》を得たり。

「及」はある時間に到達したことを示す助字。「漢王」とは、高祖が皇帝になる前に称した称号。その称号を称するほど地位が高まると、定陶《ていとう》という北方の土地出身の、戚《せき》を姓とする女を、手に入れ、めかけとした。「及」は助字であるから、略せば略し得る。単に、高祖為漢王、得定陶戚姫といわず、及高祖為漢王、とわざわざいうのは、いきな女を自由にし得べき境涯になると、そういいたい気持が、司馬遷のどこかに、幾分かははたらいているであろう。

愛幸、生趙隠王如意、

愛幸せられて、趙《ちょう》の隠王如意《いんおうじょい》を生む。

「幸」も寵愛の意。この訓読は、「愛幸」の主格を戚姫として読んだ。原文としては、漢王が戚姫を愛幸したという事実を、二字でいったにすぎない。漢王を主格と見、「愛幸して」と読んでも、さしつかえはない。

孝恵爲人仁弱、高祖以爲不類我、

孝恵《こうけい》は人と為《な》り仁弱《じんじゃく》なり。高祖以って我に類《るい》せずと為《な》す。

孝恵《こうけい》、すなわち本妻の呂后の生んだ方の長男は、人がらが仁弱であった。「仁弱」はほぼ柔弱というにひとしい。ごろつき出身の高祖から見れば、親に似ぬ子であった。「以為」の二字は、「以って……と為す」と訓ぜず、二字一しょにして、「おもえらく」と読む習慣もある。その習慣にしたがえば、「高祖以為《おも》えらく、我に類せずと」。

常欲廢太子、立戚姫子如意、如意類我、

常に太子を廃して、戚姫の子如意を立てんと欲す。如意我に類せりと。

「立」はあとつぎに立てること。ところで「史記」の文章は、ときどき後世の文章のごとくではない。後世の文章ならば、「如意類我」の上に、「以為」もしくは「曰」の字があってよいところである。

戚姫幸、常従上、之關東、

戚姫幸《こう》せられ、常に上《じょう》に従って、関東に之《ゆ》く。

「上《じょう》」とは君主の意であり、すなわち高祖をさす。「関東」とは函谷関より東の地域であって、その地域へ高祖が戦争に行ったとき、常につき従うのは、めかけの戚姫であったというのである。ここの「之」は助字ではなく、全く別の意味の動詞であり、「往」と訓ぜられる。なお前にすでに戚姫は「愛幸」されたといってあるのだから、ここでもう一度「戚姫幸せられ」というのは、蛇足の観がないでない。現にのちに述べるように、班固《はんご》の「漢書」は、この部分の叙述について、大たい「史記」の文章を踏襲するが、

戚姫常従上、之關東、
戚姫は常に上に従って、関東に之《ゆ》く。

とし、「幸」の字をけずっている。「史記」の方にそれがあるのは、ついうっかり書いて、重複に気づかなかったのであろう。司馬遷の文章は、ときどきこのように、うっかりしたところがある。それに比し、「史記」のすぐ次の後継者である「漢書」の文章は、先駆者である「史記」の文章よりも、長所としてはより整頓され、短所としてはより情熱に乏しいとされる。ここもただ一字のことであるけれども、「漢書」の方が、文章としては、ととのっているとしてよい。読者がもし専門家ならば、こうした一字の差についても、神経をくばって読まねばならない。

日夜啼泣、欲立其子代太子、
日夜啼泣《ていきゅう》して、其の子を立てて太子に代えんと欲す。

自分の子の如意を、本妻呂后《りょこう》の生んだ皇太子のかわりに、皇太子にしてほしいと、涙をながしてたのむ。昼も夜も。

呂后年長、常留守、希見上、益疏、

呂后年長《とし》じ、常に留守《りゅうしゅ》す、上《じょう》を見ること希《まれ》なり。益《ます》ます疎《うと》んぜらる。

「呂后年長じ」云云。文章の裏にあるのは、いつも高祖に随従し、日夜啼泣してむすこのことを頼んでいるめかけ戚姫は、年が若かったこと、少くとも本妻呂后ほどには、ばあさんでなかったことである。

如意立爲趙王、後幾代太子者數矣、

如意立ちて趙王《ちょうおう》と為《な》る。後幾《ほと》んど太子に代わること数《しばしば》なり。

「趙」とはいまの山西省。まずその王となったが、たびたびもうすこしで皇太子になるところであった。ここの「幾」は「ほとんど」と訓ずる。同じ字を「いくら」と訓ずるときと、日本音はおなじくキであるが、中国音では「いくら」のときは上声のjǐ、

「ほとんど」のときは平声のjiである。もし二字に伸ばせば、「庶幾」となり、「ねがわくは」と訓ぜられる。またここの「者」は、事がらの状態をいう助字である。最後の「矣」は事がらを強調する。

頼大臣争之、及留侯策、太子得毋廢、

大臣の之れを争うと、及び留侯《りゅうこう》の策に頼《よ》りて、太子廃さるる毋《な》きを得たり。

「頼」は、幸にもそうしたことがあっての意である。大臣たちがそれに反対したこと、また「留侯」とはすなわち重臣中最も思慮と知謀に富んだ張良《ちょうりょう》であって、そのめぐらした策略の次第は、別に張良の巻に記されている。それらのことが幸いにもあったおかげで、呂后《りょこう》の生んだ太子が廃位されることなくてすんだ。「毋《ブ》」の字は、普通の否定のことばである「不《フ》」あるいは「無《ブ》」と、発音が近く、意味は同じである。

以上が「呂后本紀」の書きだしであるが、次に司馬遷は、やや筆を転じて、この婦人の人がらを叙述する。

呂后爲人剛毅、佐高祖定天下、所誅大臣、多呂后力、

呂后《りよこう》は人と為《な》り剛毅《ごうき》なり。高祖を佐《たす》けて天下を定む。誅《ちゆう》する所の大臣、呂后の力多し。

高祖が中国を統一し得たのも、この「剛毅」な夫人の内助の力が多かったというのである。また「剛毅」な内助の実例として、高祖の重臣たちは、ある役目を果たすと、つぎつぎに殺されているが、彼等の殺害に対しても、呂后の助言なり画策が多かったというのである。「誅する所の大臣、呂后の力多し」。ここも「史記」の文法がやや後代の文章とことなるところであって、後代の文章ならば、おそらくここのところに「所」の字をおかないであろう。

以下二三行を略す。そのあとは、いよいよこの「剛毅」な婦人が、高祖の死後、実力者としての「剛毅」さを発揮し、めかけ戚夫人への、復讐をはたすことを、叙述する。

高祖十二年四月甲辰、崩長樂宮、太子襲號爲帝、

高祖十二年四月甲辰《こうしん》、長楽宮《ちようらくきゆう》に崩《ほう》ず。太子号を襲《おそ》いて帝と為《な》る。

「甲辰」とは、日を干支によって呼んだのである。号は称号。

さらに四五行を略して、

呂后最怨戚夫人、及其子趙王、

呂后《りよこう》最も戚《せき》夫人、及び其の子の趙《ちよう》王を怨む。

「剛毅」である故に嫉妬深いこの本妻は、他にも怨みに思う人間が多かったが、なかんずく最も怨んだのは、戚夫人と趙王であったことを示すのが、「最」の字である。

乃令永巷囚戚夫人、而召趙王、

乃《すなわ》ち永巷《えいこう》をして戚夫人を囚《とら》えしめ、而《しこ》うして趙王を召す。

はじめの「乃ち」の字については、もはやくだくだしく説明しない。いまこそ機会到来と、以下の行動をおこすのである。「令」の字は、使役の助動詞であり、「使」「遣」

などとともに、「……をして……せしむ」と訓ずるのが、訓読の例である。「永巷」とは、本来、大奥の女性たちの長屋の意であるが、ここはその取り締まりの老女を意味しよう。まず老女に戚夫人を幽閉させ、その上で、山西の王である趙王を都に呼びつけた。ここで目をとめるべきは、「乃令永巷囚戚夫人」と「召趙王」との間にある「而《じ》」の字である。おおむねの場合、「而」の字はあまり意味をもたぬこと、前に「孟子」の章で説いたごとくであるが（一二一頁）、ここの「而」の字はちがう。まず邪魔がはいらぬよう、母親を幽閉するという手はずをととのえ、その上で、むすこの趙王を呼んだという、周到な呂后の処置を、「その上で」と示すものだからである。

使者三反、

使者三たび反《かえ》る。

これまた「史記」の文章の妙処である。使者が三度往復した、それが四字の意味であるが、趙王はなかなか命令に応ぜず、使者はむなしく三度往復した。そうしたことを、まず暗示する。

それは趙の国では、しっかりした大臣が、王のそばについていたからである。

趙相建平侯周昌、謂使者曰、高帝屬臣趙王、趙王年少、竊聞太后怨戚夫人、欲召趙王幷誅之、臣不敢遣王、王且亦病、不能奉詔、

趙《ちょう》の相《しょう》、建平侯《けんぺいこう》周昌《しゅうしょう》、使者に謂《い》いて曰《い》わく、高帝《こうてい》、臣《しん》に趙王《ちょうおう》を屬《しょく》せり。趙王は年少なり。窃《ひそ》かに聞く、太后《たいこう》、戚夫人《せきふじん》を怨《うら》み、趙王を召して、幷《なら》びに之れを誅《ちゅう》せんと欲《ほっ》すと。臣敢《あ》えて王を遣《や》らず。王且《か》つ亦《ま》た病《や》む。詔《みことのり》を奉ずる能《あた》わずと。

以上すべて、趙王のもり役として派遣され、爵位は建平侯である周昌《しゅうしょう》が、使者にむかっていったことばである。「高帝」はすなわち高祖、「属」の字は「嘱」と同じ。「臣」は、皇帝皇后に対する官僚の自称。親旦那様は、趙王さまの世話を私にお頼みになりました。趙王さまはまだお若くて何ごともお分りにならない。たしかに聞いたと申すのではありませぬが、もれ承るところでは、というのが、「窃聞」である。太后は戚夫人に対して怨みをお抱きになり、趙王を呼びよせて、戚夫人だけでなく、趙王までも一しょに、それが「幷《へい》」の字、殺そうとしていられるよしである。そう聞くからには、趙王さ

まを都にやる気になりませぬ。「臣敢えて王を遣《や》らず」。「不敢」は、その気持ちに踏みきれないこと。状態として以上のごとくであるばかりでなしに、その上現在、王は病気でもある。「且《しょ》」の字が、「その上」であり、「病気でもある」の「も」が、「亦」である。故に、ご命令をうけたまわって、その通りにすることはできません。「詔を奉ずる能わず」。

呂后大怒、迺使人召趙相、
呂后大いに怒《いか》り、迺《すなわ》ち人をして趙相《ちょうしょう》を召さしむ。

腹を立てた呂后は、まずこのもり役から始末しようとしたのである。「迺《だい》」の字は、前出の「乃」の字の異体であって、発音も意味も完全におなじである。どちらかに統一したらよさそうに思うのに、「史記」はそうなっていない。後代の伝写者の生んだ不統一でなく、司馬遷の原文がそうであったとすれば、「史記」の文章の迂闊さの又一つの例である。「使」の字は使役の助動詞として普通解せられているが、ここなどは使者を出したという動詞としても読み得る。「人を使いして趙相を召す」と読むのは、普通の訓読の習慣ではないけれども、誤りとはいえない。

趙相徵至長安、迺使人復召趙王、
趙相徵《め》されて長安に至る。迺《すなわ》ち人をして復《ま》た趙王を召さしむ。

長安はいうまでもなく、帝国の首都。今の陝西省西安市。

王來未到、孝惠帝慈仁、知太后怒、
王来《き》たりて未《い》まだ到らず。孝惠帝慈仁《じじん》にして、太后の怒りを知る。

「未到」とは、都に到着しないうちに、の意である。はらはらしたのは、「仁弱」なむすこであった。名義的には父のあとをついで皇帝であるけれども、実権は母の手にある。「剛毅」な母は、何をやりだすか分らない。

自迎趙王覇上、

　自《み》ずから趙王を覇上《はじよう》に迎う。

「覇《は》」は川の名。「上」はほとり、岸、の意であって、「覇上」は覇の川のほとりにある地名。首都長安の東にある。おっかさんが迎えに行けば危険だから、自分で郊外のそこまで、迎えに行ったのである。他の文章ならば、「自迎趙王於覇上」と、「於」の字を地名の上に加えるのが、普通であろうが、そうでないのは、「史記」の文章の簡古さである。

　與入宮、自挟、與趙王起居飲食、太后欲殺之、不得間、

　与《とも》に宮《きゆう》に入り、自《み》ずから挟《さしはさ》みて、趙王《ちようおう》と与《とも》に起居飲食《ききよいんしよく》す。太后《たいこう》之を殺さんと欲するも、間《ひま》を得《え》ず。

「自挟」の二字、見なれないことばであるが、いつも自分自身でつきそっていたという意味に、相違ない。「間」は、間隙、時間、いずれの意味をも兼ねている。

　ところが、

孝恵元年十二月、帝晨出射、趙王少、不能蚤起、
孝恵元年《こうけいがんねん》十二月、帝晨《あした》に出《い》でて射《い》る。趙王少《ちょうおうわか》くして、蚤《はや》く起くる能《あた》わず。

「射」とは、弓による鳥獣の猟。そのために兄の皇帝は、朝早く外出した。「蚤《そう》」は「早《そう》」とまったく同じ字。

太后聞其獨居、使人持酖飲之、
太后《たいこう》其の独《ひと》り居《い》るを聞き、人をして酖《ちん》を持《じ》して之に飲ま使《し》む。

「酖」は毒薬。まむしを食う鳥があり、その羽をひたした酒という。

犂明孝恵還、趙王巳死、
犂明《れいめい》、孝恵還《かえ》る。趙王已《すで》に死す。

「黎明《れいめい》」は、黎明と同じ。夜が完全に明けはなれた時間。「已に死す」、死んだあとであった。

あと二行ばかり略して、

　太后遂斷戚夫人手足、去眼煇耳、飲瘖藥、使居廁中、命曰人彘、
　太后遂《つい》に戚《せき》夫人の手足を断《た》ち、眼を去り耳を煇《ふす》べ、瘖薬《いんやく》を飲ましめて、廁中《しちゅう》に居ら使《し》め、命じて人彘《じんてい》と曰《い》う。

めかけのむすこは殺した。次はうらみかさなるめかけ自身を処置しよう。すぐ殺すのは、曲がない。まず手と足を、胴から切りはなした。むろん呂后みずから手を下したのでない。そうした御用をうけたまわる掛りが、たくさん宮中にいるのである。更にまた、目をえぐり、耳をどうしたのかよく分らないが、耳をもどうかした上、「瘖薬」とはおしになる薬、それを飲ませた。日夜啼泣して、自分の子を皇太子にといった口は、もう何もいわないであろう。「廁」とは便所、糞だめ。その壺の中にころがした。「命じて人《じん》彘《てい》と曰う」。ここの「命」は命名、名づける。人間の彘《ぶた》、そうした名をつけた。当時、

豚は便所の中で飼われていた。

文法的な説明として、「太后遂に戚夫人の手足を断ち」の「遂」の字、音スイ sui は、前の「左伝」の解説でもふれたように、あることをきっかけとして、次のあることが起こる場合、それが軽くおこる場合にも、おもおもしく起こる場合にも、ひとしく使われる。訓読はいつの場合も「ついに」と訓ずるので、事態が軽く起こる場合は、ふさわしくなく感ぜられるが、ここは「ついに」の訓がふさわしい。復讐の条件は完全に熟し、「ついに」うらみかさなる女の手足を切ってやったのである。かつて夫のからだにからみつき、夫をまどわせた手と足を。

居數日、迺召孝惠帝、觀人彘、

居ること数日、迺《すなわ》ち孝恵帝を召して、人彘《じんてい》を観しむ。

「居」の字は時間の経過をいう字であるが、日本語としては読みようがないので、「居ること」と読みならわしている。こうした極刑を受けながら、なお数日も生きていたのは、一そう驚くべきことであるが、当時の宮中には、生きながらえさせて、苦しみの日を多くする秘術なども、あったであろう。

孝恵見、問知其戚夫人、迺大哭、因病、歳餘不能起、

孝恵見て、問いて其の戚《せき》夫人たるを知り、迺《すなわ》ち大いに哭《こく》す。因《よ》りて病み、歳余起《た》つこと能《あた》わず。

むすこは便所の壺の中にうごめいているものを見て、はじめは何かわからなかった。たずねて見て、戚夫人だと分ったのである。ただでさえも「仁弱」な気の弱いむすこは、このショックに「迺《すなわ》ち」、ここも「迺《ダイ》」の字を下すべきところである、「迺ち大いに哭す」、大声にないた。またそれが原因で病気になり、一年以上、ベッドから起きあがれなかった。それが原因になってというのに、「遂」の字を使ってもよいところであるが、ここは「因」を使っている。「遂」と「因」とは、シノニムである。

使人請太后曰、此非人所爲、臣爲太后子、終不能治天下、

人をして太后に請《こ》わ使《し》めて曰わく、此れは人の為す所に非《あら》ず。臣、太后の子と為《な》る。

終《つい》に天下を治むる能《あた》わず。

「請」の字は、尊者に対してものをいうことを意味する。必ずしも請願の意味ではない。病床にいるむすこは、人をやって母の太后にいわせた。これは人間のしわざではありません。私はあなたの子ではありますが、こうした状態では、私は天子として天下を治める職務をやりとげることができません。「終《しゅう》」の字も「遂《すい》」の字とともに、和訓「ついに」であるが、「遂」が事態の次への移行を意識するのに対し、「終」は終末への移行を意識する。けっきょく、あくまで、しまいまで、といった感じ。

孝恵以此日飲、爲淫樂、不聽政、故有病也、

孝恵此《ここ》を以《も》って日びに飲み、淫楽を為《な》し、政《まつりごと》を聴《き》かず。故に病い有る也。

「日」の字は、日日、毎日の意。「日に」と読む読み方と、「日びに」と読む読み方と、訓読の習慣としては両方あるが、後者の方が、意味がよく出る。

以下、司馬遷は、この「剛毅」な女性が発揮する「剛毅」な行為を、なおいろいろと

叙述した上、さいごの論賛、「太史公曰わく」では、しかしこの太后の時代、人民は大乱ののちの休息を得て、幸福であったと、評論する。

「史記」は大著である。むしろ他日を期して、その文章についての紹介を、ここにとどめる。

## 2 「史記」以後の「正史」の文章

司馬遷の「史記」が創始したところの歴史叙述の方法、すなわち個人の伝記のモンタージュを中心とするそれは、「紀伝体」と呼ばれ、以後長く中国の歴史書の方法となった。

まず「史記」のつぎにあるのは、西紀一世紀の人班固《はんご》の「漢書《かんじょ》」である。「史記」が太古以来、著者みずからの時代に至るまでの通史であるのに対し、「漢書」はもっぱら前漢王朝一代の歴史であり、高祖による王朝の創始から、その滅亡に至るまで、二百年間の歴史を叙述する。いわゆる「断代」の歴史のはじまりである。

その文章についていえば、「史記」よりも、より少く放胆である。それだけに、より謹厳に整頓している。いわゆる「左国史漢」の第四である。「史記」は名文であり、「漢書」は能文である。叙事の文の手本としては、「漢書」の方が、安全であるとする見方も多い。

「漢書」の文章については、今一つ注意すべきことがある。その叙述の前半は、時間的に「史記」の後半とかさなるのであるが、しばしば「史記」の文章をそのまま利用する。

そうして「史記」の書きもらした事実を補う。

さきに「史記」の叙事の例としてあげた「呂后本紀」の戚夫人殺害のくだり、それについて見よう。「漢書」は呂后のために「本紀」を立てず、その事蹟を他の皇后宮嬪《きゅうひん》とおなじく、「外戚列伝」の巻に収めているが、はじめの方の叙述は、ほとんど「史記」の文章そのままである。

後漢王得定陶戚姫、愛幸、生趙隠王如意、太子爲人仁弱、高祖以爲不類己、常欲廢之而立如意、如意類我、戚姫常從上、之關東、日夜啼泣、欲立其子、呂后年長、常留守、希見、益疏、如意且立爲趙王、留長安、幾代太子者數、

前にあげた「史記」とほとんど同じ文章である。念のため、もう一度訓読すれば、

後《のち》、漢王《かんおう》、定陶の戚姫《せっき》を得《う》。愛幸せられて、趙の隠王《いんのう》如意を生む。太子人と為り仁弱。高祖以為《おもえ》らく、己《おのれ》に類せずと、常に之れを廃して如意を立てんと欲す。如意我れに類せりと。戚姫常に上《じょう》に従いて、関東に之《ゆ》く。日夜啼泣し、其の子を立てんと欲す。呂后《りょこう》年長じ、常に留守《りゅうしゅ》す。見ること希《まれ》なり。益《ます》ます疎《うと》んぜらる。如意且《しばら》く立ちて趙王と為《な》り、長安に留まる。幾《ほとん》ど太子に代わること数《しばしば》なり。

ところでこのパラグラフ、「史記」とほとんど同じであるように見えながら、一つの事実が補われている。パラグラフのさいごに近くして、「留長安」の三字が、「史記」にないものとして、あることである。如意は趙王に封ぜられたといっても、高祖在世中は、領地の山西にはゆかず、首都長安にいたままであったことが、この補記によって分る。

また「史記」の文章のそこつなところも、細かい神経で添削している。戚夫人が寵愛をうけたのが、史記では、はじめに「愛幸」、のちに再び「戚姫幸」と、重複するのを、「漢書」はその一つをけずること、前に指摘したごとくである。

そうして、その次につづくパラグラフは、「史記」にはぜんぜん見えないものである。

高祖崩、恵帝立、呂后為皇太后、迺令永巷囚戚夫人、髡鉗衣赭衣、令舂、

高祖崩じ、恵帝立つ。呂后、皇太后と為る。迺《すなわ》ち永巷をして戚夫人を囚《とら》えしむ。髡《こん》鉗《かん》して赭衣《しゃい》を衣《き》せ、舂《しょう》せしむ。

「髡」は髪をそること、「鉗」はやきごてを顔にあてること。「衣赭衣」の上の「衣」は動詞、下の「衣」は名詞。「赭衣」は赤いきものである。「舂」は穀物を臼でつくことであり、囚人の課せられる作業。

更にまた、戚夫人が、臼をつきながらうたった歌を、やはり「史記」には見えぬものとして、記録する。

戚夫人舂且歌曰、子為王、母為虜、終日舂薄暮、常與死為伍、相離三千里、當誰使告女、

戚夫人舂《うすづ》きつつ、且《か》つ歌うて曰わく、

子は王と為《な》り
母は虜《りょ》と為る
終日舂《うすづ》きて暮に薄《いた》る
常に死と伍《とも》と為《な》る
相離るること三千里
当《まさ》に誰をして女《なんじ》に告げしむべき

「母為虜」の「虜」は奴隷。「終日舂薄暮」の「薄」は、いたるの意。歌であるから韻を踏んでいる。「虜《りょ》、暮《ぼ》、伍《ご》、女《じょ》」。「女」は「汝」の古字。

太后聞之、大怒曰、乃欲倚女子邪、
太后《たいこう》之れを聞き、大いに怒りて曰わく、乃《すなわ》ち女《なんじ》の子に倚《たよ》らんと欲する邪《か》。

ここの「乃」の字、「すなわち」は、お前は奴隷のくせに、お前の子どもにたよりたいか、その「くせに」の意を表わす。最後の「邪」の字は「耶」とも書く。音ヤ yé。

日本語の「か」のように、疑問の意をあらわす助字の一種である。

乃召趙王誅之、使者三反、趙相周昌不遣、

乃《すなわ》ち趙王を召して之れを誅す。使者三たび反《かえ》る。趙相周昌、遣わさず。

以下、戚夫人の手足を切り、「人彘」とするところは、再び「史記」の文章を、多少の修正を加えつつ、ほぼそのままに利用する。

このように他人の文章をそのまま使うことは、現在では、剽窃その他の名で、否定されている。中国でも、唐宋以後の「古文家」はそれをきらう。しかし歴史書の文章は、唐宋以後のものをもふくめて、必ずしもそれをきらわない。むしろ、ぶっつけに自分の文章で書くよりも、既存の文章をよりわかりやすい形に書き直すのが、歴史書の文章の道徳である。「漢書」の「史記」に対する関係は、その顕著なはじまりである。あるいは班固にさきだって、司馬遷の「史記」にも、部分的にはそれがあるかも知れない。また「漢書」の後半、武帝以後の部分は、叙述が「史記」と重ならず、独自に謹厳な能文である。やはり何か依拠とする史書と、文章とが、あったと思われるけれども、その痕跡をとどめない独自の能文である。そのことは「史記」を依拠とした前半についても、いえる。「史記」を依拠とはしているけれども、「史記」は「史記」の文章、「漢書」は「漢書」の文章として、ことなった感じをもつ。既存の文明の基礎の上に、よりよき文明を作る、それが中国の文明の理想であったことは、「論語」の孔子の言葉、「述而不作」、述べて作らず、が、語るところである。文章の道にもそれがある。班固はその選手である。

さてかく班固の「漢書」が、断代の歴史のはじめをなしてから、一王朝が亡びるごとに、その歴史が、次の王朝の史官によってまとめられるのが、例となり、ずっと最近に及んでいる。いわゆる「二十四史」であって、史記、漢書以下、後漢書、三国志、晋書、宋書、南斉《せい》書、梁書、陳書、魏書、北斉《せい》書、北周書、隋書、南史、北史、旧唐書《くとうじょ》、新唐《しんとう》書《じょ》、旧五代史、新五代史、宋史、遼史、金史、元史、明史、が、その名である。民国政府によって加えられた新元史を加えれば、二十五史である。正統の歴史記述という意味から、「正史」と呼ばれる。すべて「紀伝体」であり、文章は常に「史記」もしくは「漢書」を規範とする。読むべき文章は、その中にもとより多い。

ここには、「二十四史」の最後である「明史《みんし》」から、十五世紀の探検家鄭和《ていわ》の伝を、ただ一つの挙例とする。「明史」の巻三百四、列伝第百九十二、「宦官伝《かんがん》」の一部として、次のように見える。

鄭和雲南人、世所謂三保太監者也、
鄭和《ていわ》は雲南《うんなん》の人。世に所謂《いわゆる》三保《ほう》太監なる者也。

「太監《たいかん》」とは、上級の宦官を呼ぶ語。「三保太監」は鄭和の通称。「三保太監下西洋」なる小説もある。小説は正式の文献と認められないため、「正史」には言及されないのが例であるけれども、この句は、小説の存在を意識するごとくである。

初事燕王於藩邸、従起兵、有功、累擢太監、
初め燕王《えんおう》に藩邸《はんてい》に事《つか》え、兵を起こすに従いて、功有り。累《しき》りに太監に擢《ぬき》んでらる。

「燕王」とは、のちの永楽帝朱棣《しゆてい》。はじめ燕すなわちペキンの王であったが、鄭和はその藩邸、すなわち王としての屋敷の、宦官であった。一四〇二年、燕王は、兵を起こし

て、甥の恵帝《けいてい》を殺し、皇帝となる。鄭和はこの戦争に従軍して、功労があった。「累」の字は「しきりに」と訓ずるが、累次、何度かの意。何度か累次の抜擢を受けて、宦官の最高位である「太監」、大奥茶坊主総取締りとなった。

成祖疑惠帝亡海外、欲蹤跡之、且欲耀兵異域、示中國富强、永樂三年六月、命和及其儕王景弘等、通使西洋、

成祖、恵帝の海外に亡《に》ぐるを疑い、之を蹤跡《しょうせき》せんと欲す。且《か》つ兵を異域《いいき》に耀《かがや》かして、中国の富強を示さんと欲し、永楽三年六月、和及び其の儕《さい》の王景弘《おうけいこう》等に命じ、使いを西洋に通ぜしむ。

「成祖」とは、燕王が帝位を簒奪してのちの称号である。彼は、殺したはずの恵帝が、実は海外に亡命したかという疑いをいだき、それを「蹤跡」、追及しようと欲した。「且つ」、かねてまた、武威を、「異域」すなわち外国にみせびらかし、「中国の富強を示そう」と欲した。日本の足利義満も、成祖から永楽銭をもらい、「中国の富強を示された」異域の一つであるが、このときの皇帝の意欲は、まず南方の海域にむかった。「西洋」と

は、必ずしも今の西洋でなく、中国南方の海域のうち西方の部分。永楽三年は一四〇五。「和及び其の儕の王景弘等に命じ」、一度鄭和と書けば、あとは姓を略し、名のみを書くのが、歴史書のおきてである。たださいしょの「史記」が、ときどきこのおきてにはずれるのを、例外とする。また「其の儕《さい》」なかま、というのだから、王景弘らもみな宦官である。機密の仕事だから、側近の人間ばかりでミッションを組織するのが、天子にとって好都合である。

將士卒二萬七千八百餘人、多齎金幣、造大舶、修四十四丈、廣十八丈者、六十二、自蘇州劉家河泛海、至福建、

士卒二万七千八百余人を将《ひき》い、多く金幣を齎《もたら》し、大舶《たいはく》の、修《なが》さ四十四丈、広さ十八丈なる者、六十二を造り、蘇州の劉家河より、海に泛《うか》びて、福建に至る。

「齎」の字は、もたらす、と訓読するが、所持、持参の意。

復自福建五虎門、揚帆、首達占城、

復《ま》た福建の五虎門より、帆を揚げ、首《はじ》めに占城に達す。

「占城」は今のベトナムのよし。

以次偏歴諸番國、宣天子詔、因給賜其君長、不服則以武懾之、

次《じ》を以って諸番国《ばんこく》を偏歴して、天子の詔を宣《の》べ、因って其の君長に給賜《きゅうし》す。服せざれば則ち武を以って之れを懾《おそ》れしむ。

「番」は蕃とおなじ。「諸番国」とは、諸君、諸子のごとく、番国すなわち蕃国を複数にするいい方。「君長」は蕃夷の君主、すなわち酋長をもっぱらいう語。

五年九月、和等還、諸國使者、隨和朝見、

五年九月、和等還る。諸国の使者、和に随いて朝見す。

「五年」はむろん永楽五年、一四〇七、である。さきに「永楽三年」といったから、あ

とはおなじ年号がつづいている限り、ふたたび年号を記さないのが、やはり歴史書の定めである。

以後も鄭和は、あちこちへ何度か遠征する。以上はその伝の全文の約五分の一である。「明史」は十七、十八世紀、清朝の中ごろに書かれたものであるが、その文体は、大ざっぱにいって、二千年前の「史記」の文体と、そんなに変りがない。

### 3 「通鑑」の文章

以上のような「紀伝体」の「正史」は、人を中心とする歴史である。それに対し、時間の順序にしたがって事項を叙述するものは、「編年」の体と呼ばれる。早く「春秋」もしくは「左伝」が、すなわちこの体裁の歴史であるが、後代の著述としては、十一世紀北宋の名宰相司《し》馬《ば》光《こう》、すなわち司馬温公の、「資《し》治《ち》通《つ》鑑《がん》」が、卓越した名著である。紀元前の戦国から、著者直前の世紀である十世紀、唐末五代まで、千三百六十二年間の通史であり、「史記」、「漢書」以下の「正史」をはじめ、利用し得るかぎりの材料が、厳密きわまる検討を加えられて、この書に再生している。検討は、史実非史実の弁別に厳密なばかりではない。文章のすみずみにも及び、材料とした「正史」その他の文章を、できるだけ利用しつつ、より明晰的確な文章に再生する。全二百九十四巻、そこに感ぜられるものは、人間の希望と運命とを、歴史に託して語ろうとする著者司馬光の、誠実である。通読は容易でないが、亡友中井正一は、戦前、治安維持法によって、京都の刑務所に服役中、それをはたした。毛沢東もまた何度かの通読者という。秩父宮の結婚祝いに、西園寺公望が、とてもお読みになるまいがといって、この書をささげたというのは、先師狩野《かの》直喜《なおき》博士からのききがきである。

その文章の一例として、巻百七十八、隋《ずい》紀二、隋の文帝《ぶんてい》の開皇《かいこう》十九年、西暦でいえば五九九年の条を示す。この皇帝は、そのかつて仕えた北周《ほくしゅう》の帝位を奪って、まず北中国の君主となり、ついで南中国の陳《ちん》のくにをも合併して、四百年ぶりに大きな統一帝国をつくった君主であるが、独孤《どっこ》を里方の姓とするその皇后は、大へんなやきもちやきであった。

獨孤后、性妬忌、後宮莫敢進御、

独孤《どっこ》后《こう》、性妬忌《とき》にして、後宮《こうきゅう》敢《あ》えて進御《しんぎょ》するもの莫《な》し。

「後宮」は天子のハーレム。「進御」は、そばにはべること。「莫敢」、「敢えて……する莫し」の「莫」は、音バクmò、「史記」や「漢書」ではあまり使われていないが、「無《ブ》」「不《フ》」とおなじく否定の助字であり、中世の文章ではしばしば使われる。

尉遲迥女孫、有美色、先沒宮中、

尉遲迥《うっちけい》の女孫、美色有り。先に宮中に沒《ぼっ》せらる。

「尉遲迥」は、尉遲《うっち》が姓、迥《けい》が名。文帝のかつての対立勢力であり、その死後、孫むすめの美人なのが、宮中に奴隷となっていた。ここの「沒」の字は、奴隷として収容されること。

上於仁壽宮、見而悅之、因得幸、

上《じょう》、仁寿宮《じんじゅきゅう》に於いて、見て之れを悦《よろこ》び、因って幸を得たり。

「幸」の字は、さきに「史記」や「漢書」に見えたとおなじく、寵愛の意。

后伺上聴朝、陰殺之、

后、上《じょう》の朝《ちょう》を聴くを伺《うかが》い、陰《ひそか》に之を殺す。

「朝を聴く」は、政庁に出て政務をきくこと。そのときを機会として女を殺してしまった。

上由是大怒、單騎從苑中出、不由徑路、入山谷間、二十餘里、

上《じょう》、是《ここ》に由《よ》りて大いに怒り、単騎して苑中《えんちゅう》従り出で、径路に由《よ》らず、山谷の間に入ること、二十余里。

「従」は「自」とともに、よりと訓ずる。従ジュウ cōng、自ジ zì は、やはり word family である。「径路」は道路。道路を経由せず、やみくもに山中にはせ入ったというのであるが、「不由径路、入山谷間、二十余里」いずれも四字、四シラブルで一句を形

成していのは、リズムの整頓である。
あわを食ったのは大臣たちであった。

高顈楊素等、追及上、扣馬苦諫、
高顈《こうえい》、楊素《ようそ》等、追いて上に及び、馬を扣《ひか》えて苦《ねんごろ》に諫《いさ》む。

「苦」の字は「ねんごろに」と訓読する例であり、しつこく、の意。「扣馬苦諫」もやはり四字句である。

上太息曰、吾貴爲天子、不得自由、
上、太息《たいそく》して曰わく、吾《わ》れ貴きこと天子と為《な》りて、自由を得ず。

「太息」は大きなため息。せっかく天子の地位にのぼりながら、自由を得ない。もっともなげきである。

高熲曰、陛下、豈以一婦人而輕天下、
高熲曰わく、陛下、豈《あに》一婦人を以って天下を軽《かろ》んずるか。

女一人のことで天下の政治を軽んじてもいいものでしょうか。「豈」の字は「だろうか」「でしょうか」と解すれば、常に通ずる。そうでないことを予想しつつ、「であろうか」という場合、そうであることを予想しつつ、「であろうか」という場合、ともに「豈」の字で表わされる。ここは前者の場合である。

上意少解、駐馬良久、中夜方還宮、
上《じょう》の意《い》少しく解く。馬を駐《とど》むること良久《やや》しくす。中夜にして方《はじ》めて宮《きゅう》に還《かえ》る。

「馬を駐むること良久《やや》しくす」というのは、文章の妙である。気持は少しずつほぐれたけれども、すぐ帰る気にもならない。しばらくじっと馬をとどめて立っていたのである。「良久」は、「ややひさし」と訓読する。必ずしも非常に長い時間ではない。「中夜」は「夜中」とおなじ、「よなか」。ここの「方」は、はじめて、と訓ずる。けっきょく夜中になってから宮中へ帰った。「なってから」が「方」である。

后俟上於閤内、及至、后流涕拝謝、熲素等和解之、

后は上を閤《こう》の内に俟つ。至るに及び、后流涕《りゅうてい》して拝謝《はいしゃ》す。熲、素等、之れを和解す。

さすがは女である。「閤」は婦人のいる小部屋。その中で待っていた皇后は、涙を流してあやまった。大臣たちもそばからなだめた。

因置酒極歓、

因って酒を置きて歓を極む。

「置酒」とは酒宴を設ける。

かくてこの騒動は一段落したが、このことから、さらに次の事件が起こる。「通鑑《つがん》」はつづけていう。

先是、后以高熲父之家客、甚見親禮、至是、聞熲謂己爲一婦人、遂銜之、

是れより先、后は、高熲《こうえい》は父の家客なるを以って、甚だ親礼せらる。是《ここ》に至りて、熲《えい》の己《おのれ》を謂《い》いて一婦人と為すを聞き、遂に之を銜《ふく》む。

最初、皇后は、大臣の高熲を、もと自分の里《さと》の父の部下であるところから、たいへん親密な感じで尊敬していた。ところがいまや高熲《こうえい》が、自分のことを「豈《あに》一婦人を以って天下を軽んずるか」、一婦人、「たったあんな女」といったと聞いて、うらみに思うようになった。「甚見親礼」の「見」の字は、「らる」と訓じ、受身に読むのが訓読の例である。ただここは、主格が后であって高熲ではない。それを「らる」というのは、文法的に矛盾のようであるが、「甚見親礼」と四字句を作りたいために、「見」の字を入れたのであろう。最後の「遂に之を銜《ふく》む」の「遂」の字、とうとう、の意味に解しては、ここでは必ずしも通じない。「それで」ぐらいに見るほうが、通じる。前にいったように、「遂」と「因」は、シノニムである。「銜」は根にもつ。そうしてその結果、更にいろいろと宮中に陰謀が起こり、文帝は息《むす》子の煬帝《ようだい》に殺される。

右の一条は、昭和三十六年の秋、ユネスコの国際哲学人文科学連合ICPHSが、「東

方に於ける人と歴史の概念」をテーマとして、シンポジウムを東京に開いた時、問題提起者として講演を依頼された私が、中国の歴史がいかに人間の種種相を写すか、その例としてあげたものである。もとより大海の一粟《いちぞく》にすぎぬ。なお講演の全文は、筑摩「世界の歴史」別巻「世界史の諸問題」に収める。

司馬光が十五年の努力ののち、その大著をまとめあげ、上表をそえて、時の神宗皇帝に献上したのは、一〇八五、元豊《げんぽう》八年九月十五日であり、翌一〇八六、元祐《げんゆう》元年には、その最初の版が、皇帝の意志として、浙江省の杭州で出版されている。ちょうどその年、著者司馬光は、六十八歳でなくなる。つまり「資治通鑑」は「源氏物語」とおなじ十一世紀の書物である。この世紀の中国には、まだ「源氏物語」のような小説は出現していない。最初の大小説「水滸伝」の出現は、さらに三百年をへた十四世紀を待つ。かく小説の出現が日本より遅いのは、歴史の書物が、このように人生の種種相を記載するために、小説の必要を感ずることが早くなかったのであろう。

## 4　日本での祖述

中国の歴史叙述の方法は、周辺の地域にも、その方法による歴史書の文章を、いろいろと生んだ。日本では「六国史」「大日本史」「日本外史」。朝鮮では「三国史記」「高麗史」「李朝実録」その他。ベトナムでは「大南実録」その他。みな「史記」にはじまる中国の諸歴史書の文体に、上手下手はあるけれども、それぞれに追随する。

日本では、まず「日本書紀」である。それが編年の体であるのは、そのころ中国の編年の歴史書である「漢紀」「後漢紀」にならったと思われ、「紀」という書名も、それに関係するであろう。また「漢紀」「後漢紀」みな三十巻であり、「日本書紀」と巻数をおなじくすること、やはり偶然の一致でないかも知れぬ。「日本書紀」の文章の例として、神日本磐余彦《かむやまといわれひこ》の天皇《すめらみこと》、すなわち神武天皇紀の一節をあげる。

夏四月、丙申朔、甲辰、皇師勒兵、歩趣龍田、而其路狹嶮、人不得並行、乃還、更欲東踰膽駒山、而入中洲、時長髓彦聞之曰、夫天神子等所以來者、必將奪我國、則盡起屬兵、徼之於孔舍衞坂、與之會戰、有流矢、中五瀬命肱脛、皇師不能進戰、天皇憂之、乃運神策於冲衿曰、今我是日神子孫、而向日征虜、此逆天道也、不若退還示弱、禮祭神祇、背負日神之威、隨影壓躡、如此則曾不血刃、虜必自敗矣、僉曰、然、於是令軍中曰、且停、勿復進、乃引軍還、虜亦不敢逼、

これを武田祐吉氏は、次のように読む（朝日新聞社、日本古典全書）。

夏四月《うづき》、丙申の朔にして甲辰の日、皇師兵《みいくさつはもの》を勒《ととの》へて歩《かち》より竜田に趣《おもむ》く。しかるにその路狭《さ》く嶮《さか》しくして、人並《ひとな》み行《ゆ》くことを得《え》ざりしかば、還《かへ》りて、また東にむきて胆駒山《いこまやま》を踰《こ》えて、中《なか》つ洲《くに》に入らむとしたまひき。時に長髄彦《ながすねひこ》聞きて曰《い》はく、「そも、天つ神の子等《みこたち》の来《い》でまし所以《ゆゑ》は、かならず我が国を奪はむとにあらむ」といひて、尽《ふつ》に属兵《いくさ》を起して、孔舎衛《くさゑ》の坂に徼《むか》へて、与《とも》に会ひ戦ひしに、流矢《いたやぐし》ありて、五瀬《いつせ》の命の肱脛《ひぢ》に中《あた》り、皇師《みいくさ》進み戦ふこと能はず。天皇憂へたまひ、神策《はかりごと》を冲衿《みこころのうち》に運《めぐ》らして、宣《の》りたまひしく、「今我は日の神の子孫《うみのこ》として、日に向ひて虜《あた》を征《う》ちしは、こは天の道に逆《さか》れり。退《しぞ》き還りて弱きことを示し、神祇《あまつかみくにつかみ》を礼《ゐやま》ひ祭りて、背《そびら》に日の神の威《みいきほひ》を負ひて、影のまにま圧《おそ》ひ躡《ふ》まむには若《し》かじ。かくしあらば、かつて

刃《やきば》に血《ちぬ》らずして、虜《あた》かならずおのづからに敗れなむ」とのりたまひしかば、僉曰《みなまを》さく、「然なり」とまをす。ここに軍《いくさびと》の中に令《の》りたまはく、「しまし停《とど》れ。またな進みそ」と宣《の》りたまひて、軍《いくさ》を引きて還りたまふに、虜《あた》も敢へて逼《せ》めざりき。

普通の訓読よりも、言葉がやわらかなのは、この書は「国典」であるから、せいぜい純粋な日本語に近づけるという伝統が、古くからあるのである。

江戸時代のはじめ、水戸侯徳川光圀の発議により、その藩の事業として書かれ、明治に至って完成した「大日本史」三百九十七巻は、紀伝の体である。その漢文の最初の指導者は、明からの亡命者朱舜水《しゅしゅんすい》であった。さきにあげた「書紀」の条を、「大日本史」の巻の一、本紀第一、神武天皇の条には、次のように表現している。

四月九日甲辰、勒兵赴龍田、路嶮隘不得並行、乃還、欲東歴膽駒山、而入中州、長髄彦悉衆、徼之孔舍衞坂、與戰不利、五瀬命中流矢、師不能進、天皇憂之、乃謀曰、我是日神子孫、而向日征虜、是逆天也、不若退還示弱、禮祭神祇、背負日神之威、隨影壓躡、則不血刃、虜必自敗矣、於是引軍而還、虜亦不敢逼、

訓読すれば、

四月九日甲辰、兵を勒して竜田に赴く。路嶮隘にして並び行くを得ず。乃《すなわ》ち還《かえ》る。東のかた胆《い》駒《こま》山を歴《へ》て、中州に入《い》らんと欲す。長髄彦《ながすねひこ》衆を悉《つく》し、之れを孔舎衛坂に徼《むこ》う。与《とも》に戦いて利あらず。五瀬の命《みこと》流矢《りゅうし》に中《あた》り、師《し》進むこと能《あた》わず。天皇之れを憂う。乃ち謀りて曰《い》わく、我れは是《こ》れ日神の子孫、而《しこ》うして日に向かいて虜《りょ》を征す。是れ天に逆《さかろ》う也《なり》。退還して弱《じゃく》を示し、神祇を礼祭し、背に日神の威を負い、影に随いて圧躡《あっしょう》せんには若《し》かじ。則《すなわ》ち刃に血ぬらずして、虜必ず自《み》ずから敗れんと。是《ここ》に於いて軍を引きて還る。虜も亦た敢えて逼《せま》らず。

ところで司馬遷の「史記」の、日本における祖述者として、もっとも熱意と能力をもったのは、さいごに出た頼襄《らいじょう》、号は山陽外史の、「日本外史」二十二巻である。まずその書が「平氏」「源氏」「北条氏」以下、家によって巻を分つのは、司馬遷の「史記」が、「本紀」「列伝」以外に、「世家《せいか》」の部分をもち、春秋戦国時代の諸侯国の歴史を叙するのに、ならったのである。巻一「平氏」についての叙述のはじめは、次のごとくである。

平氏、出自桓武天皇、桓武天皇夫人多治比莫宗、生四子、長曰葛原親王、幼有才名、長而謙謹、好讀書史、觀古今成敗、以自鑒、敍四品、任式部卿、子高見、孫高望、高望賜姓平氏、拜上總介、子孫世爲武臣、其旗用赤、

訓読は、著者山陽の意にことごとくそわないことを恐れるが、大たい次の如くであろう。

平氏は、桓武天皇より出づ。桓武天皇の夫人多治比莫宗《まむね》、四子を生む。長を葛原《かつらはら》親王と曰う。幼にして才名有り。長じて謙謹、好んで書史を読み、古今の成敗を観《み》、以って自《み》ずから鑒《かんが》む。四品に叙し、式部卿に任ず。子高見、孫高望。高望姓を平氏と賜い、上総《かずさ》の介《すけ》に拝す。子孫世《よ》よ武臣と為り、其の旗は赤を用う。

「日本外史」の文章は、日本漢文であって、中国人には読めない、という無責任な批評

を、ときどき耳にする。思いすごしの誤解である。山陽の文章を激賞した中国人としては、清朝末年の学者、譚献《だんけん》がある。その読書の日記である「復堂日記」は、そのころの清国の日本ブームをも一因とするであろうが、藤田東湖の「詩鈔」、安井息軒の「管子《かんし》纂詁《さんこ》」などにも言及するが、光緒《こうしょ》八年、すなわち明治十五年の条には、「日本外史」を批評する。

日本外史、東國賴襄著、……賴襄讀中書、有意規摹左傳史記、雖虎賁中郎、似在前明王元美一流之上、

日本外史は、東国の頼襄《らいじょう》の著《ちょ》なり。……頼襄、中書《ちゅうしょ》を読み、左伝と史記に規摹《きぼ》するに意有り。虎賁中郎《こほんちゅうろう》なりと雖《いえど》も、前明《ぜんみん》の王元美《おうげんび》一流の上に在《あ》るに似たり。

これはたいへんなほめ方である。「中書」とは中国の書物。「虎賁中郎」は「後漢書」の蔡邕《さいよう》伝にもとづく故事であって、ある典型がなくなったのちの代替品。古代の文章のまがいものではあるけれども、「王元美」すなわち明の文学の大家である王世貞《おうせいてい》などのそれらよりは、この頼襄のほうがすぐれている、というのである。

なおまた譚献は、「日本外史」の漢文がすぐれる理由を考えて、日本はすべての地位が世襲である点、中国古代の春秋時代と環境が似ているから、「左伝」その他の模倣が成功しやすいのであろうとした上、ただ奇怪に感ずることとして、

島上片土、動稱天下、千里共主、直曰天王、一何可笑、

島上の片土《へんど》なるに、動《やや》もすれば天下と称し、千里の共主《きょうしゅ》なるに、直《ただ》ちに天王《てんのう》と曰《い》う。一に何ぞ笑う可き。

狭い国のくせに、天下、天下、ということをおかしいとしているが、それはともかくとして、彼は「日本外史」を何度も読んだとみえ、同治十二年すなわち明治六年の条にも、

閱日本外史、至信玄謙信紀、兩才相當、使人神王、詳述戎事、機智百出、與中原史事不殊、東國喜聚墳籍、豈將才亦有稽古之力、抑不免傅會邪、

日本外史を閲《けみ》して、信玄謙信紀に至る。両才相い当《あ》たり、人の神《たましい》をして王《さかん》なら使《し》む。

戎事《じゅうじ》を詳述し、機智百出す。中原の史事と殊ならず。東国は墳籍《ふんせき》を聚《あつ》むるを喜ぶ。豈《あに》将才も亦《ま》た稽古の力あるか。抑《そも》そも傅会《ふかい》を免《か》れざる邪。

「戎事」は戦争の事がら。「中原」は中国。「墳籍」は中国の古典の書物。「稽古」は古典に対する教養。「傅会」はフィクション。

試みに「信玄謙信紀」の、謙信が信玄に塩を送った条を開いてみると、

信玄國不濱海、仰鹽於東海、氏眞與北條氏康謀、陰閉其鹽、甲斐大困、謙信聞之、寄書信玄曰、聞氏康氏眞困君以鹽、不勇不義、我與公争、所争在弓箭、不在米鹽、請自今以往、取鹽於我國、多寡唯命、乃命賈人、平價給之、

信玄、国、海に浜《のぞ》まず、塩を東海に仰ぐ。氏真北条氏康と謀《はか》り、陰《ひそか》に其の塩を閉ず。甲斐大いに困《くるし》む。謙信之れを聞き、書を信玄に寄せて曰わく、聞く、氏康氏真君《きみ》を困《くるし》むるに塩を以ってすと。不勇不義。我れ公と争う、争う所は弓箭《きゅうせん》に在り、米塩に在らず。請う今より以往《いおう》、塩を我が国に取れ。多寡は唯《こ》れ命のままのみと。乃《すなわ》ち賈《こ》人《じん》に命じ、価《あたい》を平《たい》らかにして之れを給せしむ。

もっとも「日本外史」の漢文も、ぜんぜん無きずではあるまい。巻四「北条氏」の条に、北条時宗の幼時を叙していう、

時宗爲人強毅不撓、幼善射、弘長中、大射於極樂寺第、
時宗人と為《な》り強毅にして撓《たわ》まず。幼にして射《しゃ》を善《よ》くす。弘長中、大いに極楽寺の第《だい》に射る。

「第」は屋敷。「弘長中」は弘長年間。

将軍欲觀小笠懸、顧命諸士、無敢應者、
将軍、小笠懸《おがさがけ》を観《み》んと欲す。顧みて諸士に命ず。敢《あ》えて応ずる者無し。

山陽はこの書物を中国人に示すつもりがあったかどうか、わからないが、中国人のためには、「小笠懸」の下に、せめて「小笠懸者国俗射法也」、「小笠懸なる者は国俗の射

法也」、さらに望めば、われわれ日本人でもこの射法の詳細を知らない読者のために、いかなる射法であるかについて説明があったならば、と惜しまれる。さらにまた「顧命諸士」といういい方も、中国人ならば、さけて使わないであろう。「顧命」の二字は、死にぎわの遺言の意味を、もつからである。そのあと「外史」の文章は次のようにつづく。

時頼曰、太郎能之、太郎、時宗幼字也、

時頼曰わく、太郎之れを能《よ》くすと。太郎とは、時宗の幼字なり。

「幼字」は、おさな名。

召而上場、時年十一、跨馬出、一發而中、萬衆齊呼、時頼曰、此兒必任負荷、

召して場《じょう》に上らしむ。時に年十一。馬に跨《また》って出《い》で、一発して中《あた》る。万衆斉《ひとし》く呼ぶ。時頼曰わく、此《こ》の児《じ》必ず負荷《ふか》に任ぜん。

「負荷」は後継者としての責任の負担。果して期待にたがわず、胡元《こげん》の侵略を撃退し得たのは、「時宗之力也」と、やがて文章は結ばれる。

江戸時代きっての名文家である頼山陽でさえも、その文章が時に示す日本語くささ、もしくは日本くささ、それを「和臭」という。江戸時代の漢学者が何よりも心がけることの第一は、文章から和臭を去ることであった。今の外国文を書く人にも、必要な心得であろう。この点に関しての私の考えは、「洛中書問」（創元社、日本随想全集、私の部分）「外国研究の意義と方法」（河出文庫「中国への郷愁」）などを参照。

## 第五　中世の美文　四六駢儷文

司馬遷の天才によってはじめられた歴史叙述の方法が、中国またその周辺に多くの歴史書の文章を生んだことをのべるうちに、私の叙述は、ごく近ごろの時代まで来てしまった。

もう一どひきかえして、中国の中世の文章のことを説かねばならない。

さきの章で、「孟子」をおもな標本として説いた古代の議論の文章、その文体は、ある時期のあいだ、祖述されない。少くとも議論の文章としては祖述されない。西洋紀元のはじまる後漢から、三国六朝、それから唐の前半、つまり七八世紀までは、駢体《べんたい》、四六駢儷《べんれい》文、などと呼ばれる美文によって、議論がつづられる。

それは極度の美文である。まず一首の文章全体が、対句《ついく》のみによって、構成される。しかももっとも精緻な対句であって、いまその短いものの例として、三世紀の文人陸《りく》

機《き》の箴言《しんげん》集、「演連珠《えんれんしゅ》」五十首の一つをあげれば、

臣聞、利眼臨雲、不能垂照、朗璞蒙垢、不能吐輝、是以明哲之君、時有蔽壅之累、
俊乂之臣、屢抱後時之悲、
臣聞く、利《する》き眼も雲に臨めば、照《ひか》りを垂るる能《あた》わず、朗らかなる璞《たま》も垢を蒙《こうむ》れば、
輝きを吐く能わず。是《ここ》を以って明哲の君も、時に蔽壅《へいよう》の累《わずら》い有り、俊乂《しゅんがい》の臣も、屢《しば》
しば時に後《おく》るる悲しみを抱く。

すぐれた知性も時に曇る。さればこそ明君もごまかされることがあり、秀才の臣下がしばしば時世はずれのなげきをもつ、という意味であるが、すべては対句によって表現されている。図式に分解すれば、

臣聞 ┬ 利眼臨雲　不能垂照
　　 └ 朗璞蒙垢　不能吐輝

是以 明哲之君　時有蔽壅之累
　　 俊乂之臣　屢抱後時之悲

この文体を「駢文」と呼び「駢儷」と呼ぶのは、かく対句のみを用いる美文だからであって、「駢」とはならんではせゆく二匹の馬、「儷」とは人間の夫婦を意味する。またそれを「四六文」と呼ぶことがあるのは、右の例の「利眼臨雲、不能垂照」、「朗璞蒙垢、不能吐輝」また「明哲之君」「俊乂之臣」が示すように、一句を四字すなわち四シラブルに整頓した句、もしくはその延長として、「時有蔽壅之累」「屢抱後時之悲」のごとく、六字六シラブルに整頓した句が、リズムの基本となるからである。

右の陸機の「演連珠」は、便宜のために、もっとも簡単な例をあげたにすぎない。長文の詔勅、書翰、論文、みなこの形式の美文であった。もう一つ、魏の文帝曹丕《そうひ》が、その文学の友呉質《ごしつ》に与えた書簡の一節に、二人がかつて南皮《なんぴ》県でもった交遊の楽しさを、追憶した条をあげれば、

毎念昔日南皮之遊、誠不可忘、既妙思六經、逍遙百氏、彈碁間設、終以六博、高談

娯心、哀箏順耳、馳騁北場、旅食南館、浮甘瓜於清泉、沈朱李於寒水、白日旣匿、繼以朗月、同乘並載、以遊後園、輿輪徐動、參從無聲、淸風夜起、悲笳微吟、樂往哀來、愴然傷懷、余顧而言、斯樂難常、

昔日《せきじつ》の南皮の遊を念《おも》う毎《ごと》に、誠に忘る可からず。既に思いを六経に妙《たえ》にし、百氏に逍遥す。

「百氏」は諸子百家の書。

弾碁間《とき》に設け、終るに六博を以ってす。

「弾碁」は一種のパチンコ。「六博」はばくち。

高談心を娯《たの》しましめ、哀箏《あいそう》耳に順《したが》う。北場に馳騁《ちてい》し、南館に旅食《りょしょく》す。

「箏」は大きな琴。

甘き瓜を清き泉に浮かべ、朱《あか》き李《すもも》を寒《つめた》き水に沈む。白日既に匿《かく》れ、継ぐに朗月を以ってす。同じく乗り並び載《の》り、以って後の園に遊ぶ。輿《くるま》の輪徐《おもむ》ろに動きて、参従は声無し。

「参従」は、ともまわりのもの。

清風夜に起こり、悲笳《ひか》の微《かす》かに吟ず。

「笳」はあし笛。

楽しみ往《ゆ》き哀しみ来たり、愴然《そうぜん》として懐《おも》いを傷《いた》ましむ。余《わ》れ顧りみて言う、斯《こ》の楽しみは常なるに難しと。


全文二十四句のうち、ほとんどは四字句であり、浮甘瓜於清泉、沈朱李於寒水は、六字の対句である。

もっとも常にこんなにまで精緻な文章ばかりではない。魏の嵇康《けいこう》は、「竹林の七賢」の一人であるが、友人の山濤《さんとう》から、政府のある地位に推薦されたのを拒絶した「絶交書」は、いかに自己が仕官に適しないか、それをのべた痛快きわまる文章である。その一節にはいう、

性復疏懶、筋駑肉緩、頭面常一月十五日不洗、不大悶癢、不能沐也、毎常小便、而忍不起、令胞中略轉、乃起耳、

性は復た疏懶《そらん》にして、筋は駑《ゆる》び肉は緩《ゆる》ぶ。頭面《とうめん》は常に一月に十五日は洗わず。大いに悶え癢《か》ゆきにあらずば、沐う能《あた》わざる也。毎《つね》に常に小便せんとして、而《し》かも忍びて起きず。胞中をして略《ほぼ》転ぜしめて、乃《すなわ》ち起くる耳《のみ》。

よほどかゆくならねば、頭を洗わぬ。小便におきるのさえ面倒くさく、腹の中がひっくりかえるようになってからはじめておきる。という、この大胆不敵な文章の中にも、表現を四字で一くぎりにしたいという欲求は、なおありありと認められる。不大悶癢、不能沐也、毎常小便、而忍不起。

こうした四六騈儷の美文は、中国の文章語が早くから内在した傾向を、畸形的に極度にまで延長したものである。対句《ついく》、それは、中国語の一語が常に一シラブルであるという性質、つまりどの単語もおなじ長さにあるという性質、そこから成立しやすいものである。その萌芽が、「老子」をはじめ、古代の文章に、しばしば見えること、すでに説いたごとくである。(八四頁また一二六頁) また四字句が、文章のリズムの基本となりや

すいこと、これまたすでにたびたび説いた。(八五頁など) その方向が、ついにこうした極度の美文を生んだのである。それは上篇の末(八四頁)で説いたような精緻な対句の技法を、詩よりもまず散文に施したものであったが、後漢から唐の中ごろまで、千年弱の支配的な文体であった。少くとも議論の文章は、それを用いた。六世紀に編集された「文選《もんぜん》」は、わが平安朝人の愛読書でもあるが、もっぱらこの形式の美文の選集である。

これらの美文は、畸形の文章であり、むなしい美文であるとする批評が、しばしばある。しかし最近の若い学者のなかには、一見空しい美文のように見えるこの文体の裏には、重厚な熟慮があり、さればこそ表現を、この文体に求めるのだとする見方がある。この文体盛行の時期は、同時にまた、もっとも思弁的な哲学が、「玄学」の名で盛行した時期でもあったことを思えば、理由のない見解ではない。若い諸君の論証が成熟する日を期待する。

なおこの時期にあっても、歴史書の文体は、なお比較的に自由であり、必ずしもこの文体でない。美文の文体は、叙事に不むきであり、内部の熟慮は写し得ても、外部の現実を追うに適しないからである。しかしなお、この時期の歴史書に見える四字句は、他の時期のそれよりも多い。

また漢訳仏典の文章に、四字句が多いのも、その多くがこの時期に訳されたからである。たとえば、三世紀、魏《ぎ》の康僧鎧《こうそうがい》の訳という「仏説無量寿経」巻上の一節をあげれば、

又風吹散華、遍満佛土、随色次第、而不雜亂、柔軟光澤、馨香芬烈、足履其上、陥下四寸、随擧足已、還復如故、華用已訖、地輒開裂、以次化沒、清淨無遺、

又、風は散華《さんげ》を吹き、仏土に遍満す。色に随って次第あり、而《しこ》うして雑乱せず。柔軟光沢にして、馨香芬烈《けいこうふんれつ》なり。足其《そ》の上を履《ふ》めば、陥下《かんげ》すること四寸、足を挙げ已《おわ》るに随って、還《ま》た復《ま》た故《もと》の如し。華《はな》の用已《すで》に訖《おわ》れば、地輒《すなわ》ち開裂す。次《じ》を以って化《け》没《ぼっ》し、清浄《しょうじょう》にして遺《のこ》す無し。

至って見やすいように、全部が四字の句で成り立っている。またこの性質は、「無量寿経」のほとんど全文をおおって、特殊な美しさを作る。なお「無量寿経」の右の部分の内容についての私の思考は、随筆集「閑情の賦」を見られたい。

更にまた、この書物として言及しなければならぬのは、この文体の日本の漢文に及ぼした影響である。日本人がはじめて漢文を綴り出した大和朝廷時代から、奈良朝、また

平安朝の初期、それはあたかもこの文体が、中国を支配する時期であった。そのためそのころの日本人の漢文で、議論にわたるものは、みなこの文体である。たとえば「古事記」の序文、それは和銅四年、七一一年、中国では唐の初期、睿宗《えいそう》の時代に書かれているが、次のようにはじまる。

臣安萬侶言、夫混元既凝、氣象未效、無名無爲、誰知其形、然乾坤初分、參神作造化之首、陰陽斯開、二靈爲群品之祖、所以出入幽顯、日月彰於洗目、浮沈海水、神祇呈於滌身、

臣安万侶《やすまろ》言《まお》す、夫《そ》れ混元既に凝《こ》って、気象未まだ効《あらわ》れず、名も無く為《い》も無し、誰れか其《そ》の形を知らん。然して乾坤《けんこん》初めて分れて、参神造化の首《はじめ》を作《な》し、陰陽斯《ここ》に開けて、二霊群品の祖と為《な》り、所以《このゆえ》に幽顕に出入して、日月目を洗うに彰《あらわ》れ、海水に浮沈して、神祇身を滌《そそ》ぐに呈《あらわ》る。

訓読は、本居宣長「古事記伝」による。

これはとても日本人が書いたものではあるまい、帰化人の筆であろう、という説をだ

れから聞いたことがあるが、私は必ずしもそう思わない。当時のすべての日本人の能力ではなかったであろうが、こうした文章を書き得る専門家が、八世紀初の日本に、数人はいたであろう。その他「日本書紀」以下、「六国史」の序文、また「令義解《りょうのぎげ》」の序文など、みなこの文体である。うち「令義解」の序文を、狩野直喜先生が、今世紀中国の最もすぐれた学者の一人であり、当時京都へ亡命中であった王国維《おうこくい》氏に示されたところ、名文であると嘆賞したそうである。それは、

春生秋殺、刑名與天地倶興、陰慘陽舒、法令共風霜並用、犯之必傷、蠟柱有爛蛾之危、觸之不漏、蛛絲設黏蟲之禍、

春は生じ秋は殺す、刑名は天地と倶《とも》に興り、陰には慘《いた》み陽には舒《よろこ》ぶ、法令風霜と共に並び用いらる。之れを犯せば必ず傷《やぶ》る、蠟柱に爛蛾の危き有り、之に触るるをば漏らさず、蛛糸は黏虫《ねんちゅう》の禍を設く。

云云でおこる。平安朝のはじめ、淳和天皇のころ、八三〇年ごろの文章であり、中国では唐末にあたる。さきの「古事記」の序では、一句中の平仄の配置がなお精密でない

のに、この文章では精密であるのも、中国におけるこの体の文章の変遷に応じている。なお八世紀、唐の中期以後の中国では、次にのべるように「古文」の時代となるため、駢文の作者が多くない。さいごの清《しん》代では再びその作者があり、十八世紀の汪中《おうちゅう》を最とする。

私も自分の勉強のため、汪中のひそみにならい、ときどきこの文体の漢文を作る。みずからの文章をひくのは、いたって気がひけるが、この書物は、他の類書とちがい、多少は漢文を書く人間によって、書かれたことの、証左ともなろう。唐の孔《く》穎達《ようだつ》の「尚書正義」を、同僚とともに校定したおり、その序文として書いたものである。

尚書孔氏傳者、諒作於漢綱既絶之後、魏晉遞禪之日、観其訓傳、多可理遣、尋厥旨趣、惟尚辭達、袪祕緯而就人情、寧平近而曲碎、有望文之訓、無蓋闕之疑、導彼渾灝、申其詰屈、若厥詁釋之所自、則綜衆流而擇善、既窺馬氏之絳帷、又掇鄭君之芳草、生魄依國師之解、弗辟應洨長之讀、字從隸古、義或涉今、周流變動、罔迪不適、此乃墨守之博徒、溝通之英傑、殆爲漢詁之歸墟、而馴壁經之文理者乎、

尚書孔氏伝なる者は、諒《まこと》に漢綱既に絶ゆる後、魏晋遞《たが》いに禅《ゆず》る日に作る。其の訓伝

を観《み》るに、多く理もて遣《や》る可く、厥《そ》の旨趣を尋ぬるに、惟《た》だ辞達するを尚《とうと》ぶ。秘緯《ひい》を袪《しりぞ》けて人情に就き、寧《むし》ろ平近なるも曲碎ならず。望文の訓有るも、蓋闕《がいけつ》の疑い無し。彼の渾灝《こんこう》を導きて、其の詰屈《きっくつ》を申《の》ぶ。若《も》し厥《そ》の詁釈の自《よ》る所は、則《すなわ》ち衆流を綜《す》べて善を択ぶ。既に馬氏の絳帷《こうい》を窺い、又た鄭君の芳草を掇《と》る。生魄《せいはく》は国師の解に依り、弗辟《ぶつへき》は洨長《こうちょう》の読に応ず。字は隷古《れいこ》に従い、義或いは今に渉る。周流変動、迪《みち》として適《ゆ》かざる罔《な》し。此れ乃ち墨守の博徒、溝通の英傑。殆ど漢詁の帰墟《ききょ》と為り、壁経《へきけい》の文理を馴らす者乎《か》。

右はその書き出しであって、全文は私の漢詩文集「知非集」(中央公論社)に見える。

## 第六　近世の議論の文章としての「古文」

以上のような中世風な駢文は、極度の美文であり、耳に快く目に快く心に快くはあるが、不自由な文体であるにはちがいない。それはやがて反動をもたらす。反動は八世紀、唐の中頃におこる。方法は、古代の議論の文章の文体、ことに戦国諸子のそれによって、みずからの議論を書くことであった。その最初の成功者が、八、九世紀、唐の韓愈《かんゆ》である。その文体は、古代の文体の復活である点から、「古文」と呼ばれた。しかし実は四六駢儷の窮屈なリズムから解放されて、自由な表現を志すところの、より近代的な文体であり、文章であった。その内容となるのは、新しい思考と観察であった。

いま、韓愈の議論の「古文」の例として、「雑説」と題する四首の文章の一つを、短い文章であるから、全文をあげる。「雑説」はエセイと訳し得る。

世有伯樂、然後有千里馬、千里馬常有、而伯樂不常有、

世に伯楽《はくらく》有りて、然《しか》る後《のち》に千里の馬有り。千里の馬は常に有り。而《しこ》うして伯楽は常に有らず。

「伯楽」は人名。馬を鑑別する名人として、古代の伝説に現われる。日本語で馬のあきんどを博労《ばくろう》というのも、ハクラクの音転であろう。パラグラフの意味は、世の中に馬を見わける名人として、伯楽がいる時期にこそ、一日に千里をかける名馬が出現する。しかし、千里の馬、それは実はいつでもいる。ただそれを発見し得る伯楽の方が、いつでもはいないだけである。世界は常に可能性を蔵する。可能性をひき出す天才がいないだけである。

故雖有名馬、祇辱於奴隷人之手、駢死於槽櫪之間、不以千里稱也、

故に名馬有りと雖《いえど》も、祇《ただ》奴隷人の手に辱しめられ、槽櫪《そうれき》の間に駢死《べんし》し、千里を以って称せられざる也。

以上のような矛盾の結果として、実際に名馬はいるのだけれども、ただ、馬の世話をする奴隷の手から、ぞんざいに扱われるという恥辱を受けるにとどまり、「槽櫪」、かいばおけの間で、頭を並べてむなしく死んでしまう。千里の馬という評判を得ることができない。「祗」の字は、「只」、また「惟」すなわち「唯」などとおなじく、ただひとえに、であるが、唐以後の文章家はこの字を愛用する。「駢」はすなわち「駢文」の駢であり、その字形が示すように、馬が頭を並べること。

馬之千里者、一食或盡粟一石、食馬者不知其能千里而食也、

馬の千里なる者は、一食或いは粟《ぞく》一石を尽くす。馬を食《やしな》う者は其の能《よ》く千里にして食ろうを知らざる也。

「食」の字を動詞にも名詞にも使うことは、さきの「孟子」の文章、「狗彘《こうてい》人の食を食らいて」にその例があり、そこでは食の字二つであった（一一九頁）。ここは三度である。最初の「一食」の「食」は、ひとたび分の食糧。次の「食馬者」の「食」は、馬に食い

ものを食わせるという他動詞、つまり「飼」の字である。最後の「千里而食」の「食」は、馬自身が食べるという自動詞。かく三つに分裂する方向を、意識的にわざと一つの「食」の字で現わし、文章に古色と重みをもたせたのである。

前にのべたような矛盾があるばかりではない。千里を走る馬は、その精力を満たすために、多くの食糧を要する。ひとたびの食事に、「粟《ぞく》」とはすなわち米であるが、一石の米を、全部食べ尽くしてしまうこともある。しかしその理由が、馬を飼うものにはわからない。千里を走る能力をもつために、それだけ食うのであるが、そうした事情を知らないために、ただむやみにかいばをむさぼる馬だと、思うだけである。矛盾は一そう深まる。

是馬也、雖有千里之能、食不飽、力不足、才美不外見、且欲與常馬等、不可得、安求其能千里也、

是《こ》の馬や、千里の能《のう》有りと雖《いえど》も、食ろうて飽かずんば、力足らず、才美外に見《あら》われず。且つ常馬と等しからんと欲するも、得可からず。安《いず》くんぞ其の能《よ》く千里なるを求めんや。

凡庸な文章家ならば、なお費やすであろう多くのことばが省かれつつ、論理は進展する。さいしょの「是馬也」の「也」は、強調の助字。この馬は、もしも充分な食糧を与えられれば、一日に千里を走る能力をもっている。そうではあるけれども、食糧が腹いっぱい与えられずして、精力が充足せず、天から与えられた才能の美しさが外に現われない。だとすると、とりあえず普通の馬と同じだけの能力を示そうとしても、それすらできない。ここの「且」の字は、とりあえずそうしようとしてもそれすら、の意を示す。名馬であるゆえに常の馬より多くの食糧を必要とするのだが、それが与えられないのだから、常の馬とおなじだけの力量をすら発揮できない。まして千里走る能力を要求し得る余地がどこにあろうか。こうした「安」の字は、いずくんぞ、と訓ずる。反語のはじめに下されて、以下の状態を可能にする条件はどこにあるか、と、深くといつめる語気である。同類の語として、おなじく、いずくんぞ、と訓ずる句頭の「焉」エン yān の字があり、「安」アン ān と音を類似する。

策之不以其道、食之不能盡其材、鳴之而不能通其意、執策而臨之曰、天下無馬、

之《これ》を策《むちう》つに其《そ》の道を以ってせず、之を食らわしむるに其の材を尽くす能《あた》わず、鳴くも其の意を通ずる能《あた》わず、策《むち》を執《と》りて之に臨んで曰わく、天下馬無しと。

「其道」とは、しかるべき道、しかるべき方法である。「材」は、才におなじ。「其材」とは、その本来もちまえとするしかるべき才分である。人間論として、人間は本来善への方向にあると、孟子がいうばかりではない。ものはすべて本来の状態では、その本来の能力を備えている、という予定調和的な世界観が常にあるのであって、予定された調和をちゃんと得た状態を現わすのが、これらの「其」の字である。

また「策之」「食之」の「之」は、馬を指すとして処理し得るが、「鳴之」の「之」は、馬を指すといえない。上の二句とリズムを合わすために加わったにすぎないのであり、深く意味を求めてはいけない。「之」の字を英語の it のように、再帰代名詞と解したがるのは、初学のおちいりやすい誘惑であるけれども、それにおちいってはいけない。「之」という助字の本来は、meaningless particle なのである。

さてパラグラフの意味は、「其の道」、しかるべき方法でむちうたずして、ただむやみにむちうち、食料をやるにもその才能を発揮させるだけのものをやらない、また馬が不満をうったえて鳴いていてもその意味がわからない。そうした凡庸なかいぬしが、むちを手にして馬の前に出ていう、この世界にはよい馬がいないと。

　嗚呼、其眞無馬邪、其眞不知馬也、
　嗚呼《ああ》、其《そ》れ真に馬無き邪《か》、其れ真に馬を知らざる也《か》。

本当に名馬はいないのであろうか。それとも馬を知る人間がいないという方が真実なのであろうか。上の句の末の「邪」、音は平声のヤ yé、下の句の末の「也」、音は上声のヤ yě、ともに句末の助字である。「邪」はより多く懐疑の語気をもち、「也」はより多く断定の語気をもつ。あとの句は、「其れ馬を知らざるなり」と読んでも、悪くはない。また韓愈の内心の気もちとしては、むしろそうであろう。名馬を知る伯楽がいないという方が、真実の事態なのだ、とそう断定したいのである。そうして全部が比喩であるこの文章で、みずからも名馬でありながら、それを知ってくれる伯楽がいない悲しみを、訴えたいのである。しかし文章の表現としては、断定を要求して「也」の字を使っているのではないであろう。断定するかしないかは読者にあずけて、「也」の字をさいごに使ったとする方が、文章の解釈として面白かろう。

文章全体として注意をひくのは、四字の句の寡少である。さいしょの「世有伯楽」、終りに近くしての「天下無馬」、この二つだけである。あとはみな四字ならぬ句が、長短錯落《さくらく》する。従来の「四六文」に対する反撥が顕著である。しかしそれはリズムをもたぬということではない。長短の句が錯落し、いりまじって、自由な活潑なリズムを生んでいる。

韓愈がこのような「古文」の文体、または文章を、創始した唐の中ごろ、同調者は友人の柳宗元《りゅうそうげん》その他、周辺の数人だけであり、世間一般の文章は、なお旧来の駢文であった。

駢文の勢力が全く後退し、韓愈ふうの「古文」が、普遍な文体となるのは、次の北宋《ほくそう》の時代、十一世紀においてである。そうして以後約千年、つい今ごろ今世紀の初めまで、支配的な文体となり、ひいてはわが江戸時代の儒者の文体ともなる。朝鮮もしかりであり、つまり近ごろ千年の、極東の普遍な文体となるのであるが、その確実な画期は北宋の時代にある。その経緯については、私の「宋詩概説」(岩波書店)を見られたい。

北宋の「古文」は、まず欧陽修《おうようしゅう》を首唱者とし、欧陽修の弟子である蘇軾《そしょく》、すなわち蘇《そ》東坡《とうば》、またその父蘇洵《そじゅん》、その弟蘇轍《そてつ》、また蘇軾と政治的には立場を対立した王安石《おうあんせき》、みなこの文体の名手であって、唐の韓愈、柳宗元に、宋の欧陽修、蘇洵、蘇軾、蘇轍、王安石、および曾鞏《そうきょう》をあわせて、「唐宋八家」と呼ぶ。その議論の文章には、中国の知識人の責任として、政治論が必ず含まれ、エネルギーのたくましさを示すが、今日のわれわれには、何くれとない日常の経験なり随想を、記した小文が、かえって興味ぶかく読まれる。

ここには蘇軾の小文の一つ、「孟徳《もうとく》の伝の後《のち》に書《しょ》す」をあげる。弟の蘇轍が、孟徳という逃亡兵について書いた文章が、まずあった。逃亡兵孟徳は、兵舎を脱走して、山中をうろつきまわり、どうせいのちはないものと、捨て身の生活をしたところ、かえって虎や狼の害を受けなかった、というのを記した文章であるが、弟がそれを送って来たのに対し、そのあとがきとして書いたのが、蘇軾のこの文章である。

子由書孟徳事見寄、余既聞而異之、以為虎畏不懼己者、其理似可信、然世未有見虎而不懼者、則斯言之有無、終無所試之、

子由、孟徳の事を書して寄せらる。余《よ》既に聞きて之れを異《い》とす。以為《おも》えらく虎は己《おのれ》

を懼《おそ》れざるものを畏ると。其の理信ず可きに似たり。然《しか》れども世未まだ虎を見て懼《おそ》れざるもの有らず。則《すなわ》ち斯《こ》の言の有無、終《つい》に之れを試むる所無し。

「子由」とは、弟蘇轍のあざなである。「見寄」の「見」は、「……らる」と受身に訓読するのが例であり、同時に敬語のひびきをもつ。「寄」は郵送。郵送された文章によって、その事柄を聞き知ったわけであり、「之を異とす」、面白い稀有なことと感じた。ところで、弟の文章のだいたいは、虎は自分をこわがらないものを、かえって虎の方で恐怖するというのである。それはいかにももっともらしい理屈である。しかし現実には、虎を目にしてこわがらないという人間、そうした人間は、いないように思われる。すると、弟のいうような事態が、本当にあるかどうか、けっきょく試験の方法はない。そういうことで、文章は始まる。しかしその実証があることが、以下に述べられる。

然曩余聞、忠萬雲安多虎、有婦人晝置二小兒沙上、而浣衣於水上者、虎自山上馳來、婦人倉惶、沈水避之、

然《しか》れども曩《さき》に余《よ》聞く、忠万《ちゅうばん》と雲安とは虎多し。婦人、昼に二小児を沙上《さじょう》に置きて、

衣《ころも》を水上に浣《あろ》う者有り。虎、山上より馳《は》せ来たる。婦人倉惶《そうこう》し、水に沈んで之れを避く。

「嚢」は「さきに」と訓じ、過去の時間を意味する。忠万、雲安は、いずれも四川省の地名。蘇軾兄弟は四川の人である。「有婦人」云云は、下にはるか離れて「者」の字がある。そこから返って「衣を水上に浣う者有り」と読むのは、訓読の便宜である。ひるひなか、二人の子どもを砂の上に遊ばせて洗濯をしている女がいた。そこへ虎が不意に現われたので、女は倉惶《そうこう》、これは cāng huáng と、母音をおなじくする音をならべて、あわてふためくさまをいう擬態語であるが、あわてふためいた女は、水の中に沈んで虎を避けた。二人の子どもは、そこにおいたままである。

二小兒戲沙上、自若、虎熟視久之、至以首抵觸、庶幾其一懼、而兒癡、竟不知怪、虎亦卒去、

二小児沙上に戯れて、自若《じじゃく》たり。虎、熟視すること之を久しゅうす。首を以って抵触するに至る。其の一たび懼れんことを庶幾《こいねご》う。而うして児は痴《ち》にして、竟《つい》に怪《あや》し

むを知らず。虎も亦《ま》た卒《つい》に去る。

「自若」は「泰然自若」のそれである。「久之」の二字は「これをひさしゅうす」と読む。必ずしも長い時間でない。しばらく、ぐらいの意である。「抵触」は、くっつける。「庶幾」は、二字で「希望する」。何とかしてこわがってくれないかと、虎の方で希望したが、子どもはあどけなく、無知だから、あくまでも異常さを知らない。「竟」は「卒」「終」などとともに、「ついに」と訓ぜられるが、「卒」「終」が、けっきょく、と訳して通ずる場合が多いに対し、「竟」は、あくまで、に近い。そうして虎の方でも、「卒《つい》に」去った。けっきょくたち去った。

さて蘇軾はそれに一つの解釈を与える。

意虎之食人、必先被之以威、而不懼之人、威無所従施歟、

意《おも》うに虎の人を食ろうは、必ず先《ま》ず之に被《こうむ》らしむるに威を以ってす。而《しこ》うして懼《おそ》れざるの人は、威よ従《よ》りて施す所無き歟《か》。

子どものように恐怖を知らぬ人間、それには虎も手の施しようがないのであろうか。それが蘇軾の予想的な解釈である。はじめの「意」の字は、以下は一つの予想であることを示し、「おもうに」と訓ずる。最後の「歟」音ヨyuは、単に「与」の字を書くこともある。句末に位して大たいは肯定しつつ、多少の疑いをのこす助字。

世言虎不食酔人、必坐守之、以俟其醒、非俟其醒、俟其懼也、

世に言う、虎は酔人《すいじん》を食らわず、必ず坐して之を守り、以って其の醒むるを俟《ま》つと。其の醒むるを俟つに非ず、其の懼るるを俟つ也。

酔っぱらいを虎は食べず、きっとじっと見守っていて、酔いがさめるのを待つ、とそう世間ではいう。「守」の字は、ある場所なり状態にへばりついて、状態の変化を待つ場合に使われる。「俟」は「待」の意味であり、「俟《し》」「待《たい》」、いまの音は異なるが、語源的には近い。ところで世間でそういっているのを、もう少し分析を加えれば、虎は単に酔いがさめるのを待つのではない。酔いがさめて意識が回復し、恐怖の意識が生まれるのを待つのである。この分析を立証するものとして、更に一つの場合があげられる。

有人夜自外歸、見有物蹲其門、以爲猪狗類也、以杖撃之、卽逸去、至山下月明處、則虎也、是人非有以勝虎、其氣已蓋之矣、

人有り夜外自《そとよ》り帰る。物有りて其の門に蹲《うずくま》るを見る。以為《おも》えらく猪狗《ちょく》の類也《なり》と。杖を以って之を撃つ。即ち逸去《いっきょ》す。山下月明の処《ところ》に至れば、則《すなわ》ち虎也。是れ人以って虎に勝つ有るに非《あら》ず。其の気已《すで》に之れを蓋《おお》えり。

「猪」はいのししではなく、豚である。豚か犬だと思って、杖でぶんなぐったら、すぐさま逃げ去った。「即」音ソク jí は、すぐさま。「則」音ソク zé とおなじく「すなわち」と訓ずるが、気もちはおなじでない。

使人之不懼、皆如嬰兒醉人、與其未及知之時、則虎畏之、無足怪者、

人の懼《おそ》れざること、皆な嬰児《えいじ》と酔人《すいじん》と、其の未《い》まだ知るに及ばざるの時の如くなら使《し》めば、則ち虎の之れを畏るるも、怪《あや》しむに足る者無し。

恐れを自覚しないときこそ、人間はいちばん強く、虎の方でかえってこわがる、というのであるが、恐れを知らないものを、赤ん坊、酔っぱらい、それから普通の人間でも虎を虎と知らないとき、と分析していういい方は、きわめて正確である。

故書其末、以信子由之説、

故に其の末に書し、以って子由の説を信《まこと》にす。

そう考えるから、私は弟の文章の末に以上のことを書きつけて、弟の見解を真実なものとする、立証する。

天来の自由人である蘇軾の思考のおもしろさは、ほかにもいろいろおもしろい文章を生んでいるが、いまは残念ながら一例にとどめる。

右の東坡の文のような「書後」あるいは「跋」、また自己あるいは他人の著作のはじめにかぶせる「序」、人の旅立ちを見送る「送序」、人に与える書簡である「書」、建築なり風景について感想をのべる「記」、あるいは何何の「論」、何何の「弁」、何何の「説」などと題する議論の文章が、以後約千年にわたり、数多くの著者により、何十万篇と書かれている。

それは次にのべる「碑誌伝状」の文章とあわせて、「古文」と呼ばれ、詩とともに、宋以後の中国文学のもっとも重要なジャンルとなる。文体としては、その名のごとく、古代の文体の再生であること、はじめに述べたごとくであるが、古代の文章ではなお無自覚に使われていた文法が、ここでは意識的な法則として使われているため、一そう法則で処理されやすい、読みやすい文章となっている。それがすなわち、以後長く千年にわたって、中国ばかりでなく、日本、朝鮮など、近接の地域の広い文体となったゆえんであろう。

江戸時代の儒者によっても、この文体による議論の漢文は、いろいろと書かれている。祖国のことにうとい私は「左伝」にいわゆる「典を数えて祖を忘るる」ものであり、よく読んでいない。ただ伊藤仁斎の「童子問」を愛読するので、その数条をあげる。

問、仁爲聖門第一字者、其旨如何、曰、仁之爲德大矣、然一言以蔽之、曰愛而已矣、在君臣謂之義、父子謂之親、夫婦謂之別、兄弟謂之敍、朋友謂之信、皆自愛而出、蓋愛出於實心、故此五者、自愛而出、則爲實、不自愛而出、則僞而已、故君子莫大

於慈愛之徳、莫戚於残忍刻薄之心、孔門以仁爲徳之長、蓋爲此也、問《と》う、仁は聖門《せいもん》の第一字為《た》る者は、其の旨如何《むねいかん》ぞや。曰《い》わく、仁の徳為《た》る大なり。然れども一言以って之れを蔽《おお》えば、曰わく愛なる而已《のみ》。君臣に在りては之を義と謂《い》い、父子には之れを親《しん》と謂い、夫婦には之れを別《べつ》と謂い、兄弟には之れを叙《じょ》と謂い、朋友には之れを信と謂う。皆愛自《よ》りして出《い》づ。蓋《けだ》し愛は実心《じっしん》に出《い》づ。故に此の五者、愛自《よ》りして出づるときは、則ち実《じつ》と為《な》り、愛自《よ》りして出《い》でざるときは、則ち偽《ぎ》なる而已《のみ》。故に君子は慈愛の徳より大なるは莫《な》く、残忍刻薄《ざんにんこくはく》の心より戚《かな》しきは莫《な》し。孔《こう》門《もん》仁を以って徳の長と為すは、蓋《けだ》し此れが為《ため》也。

若秦始皇本朝羽柴氏、雄武英略、過絶古今、戦勝攻取、風動艸靡、前無勁敵、其宜子孫繁衍、保數百年宗社、而纔一再傳而亡、嚮氣焰赫赫者、何在哉、吁、不仁之禍、和漢一轍、漢高祖纔以寛仁濟天下、唐太宗從魏徴之言用仁義、皆能身致太平、子孫緜緜、此鬼神所不能致其靈、唯得民心而能然、仁義之效、豈不大乎、秦の始皇《しこう》と本朝の羽柴《はしば》氏の若《ごと》きは、雄武英略《えいりゃく》、古今に過絶《かぜつ》し、戦えば勝ち攻めれば取り、風動き草靡《くさなび》き、前に勁敵《けいてき》無し。其れ宜《よろ》しく子孫繁衍《はんえん》にして、数百年の宗社《そうしゃ》を保つべきに、而《しこ》うして纔《わずか》に一再伝《いちさいでん》して亡《ほろ》ぶ。嚮《さき》の気焔赫赫《きえんかくかく》たる者、何《い》ずくに在る哉《や》。吁《ああ》、不仁の禍は、和漢轍《てつ》を一にす。漢の高祖、纔《わずか》に寛仁を以って天下を済《な》す。唐の太宗、魏徴《ぎちょう》の言に従いて仁義を用う。皆能く身《み》太平を致して、子孫緜緜《めんめん》たり。此れ鬼神《きじん》も其の霊を致す能わざる所、唯《ただ》民心を得て能く然《しか》り。仁義の効、豈《あに》大ならず乎《や》。

問治道之要、曰、文勝其武、則國祚修、武勝其文、則國脈蹙、賞勝其罰、則刑罰清而民心安、罰勝其賞、則刑罰亂而民心搖、

治道《ちどう》の要を問う。曰わく、文其の武に勝つときは、則ち国祚《こくそ》修《なが》かり。武其の文に勝つときは、則ち国脈蹙《ちぢま》る。賞其の罰に勝つときは、則ち刑罰清くして民心安く、罰其の賞に勝つときは、則ち刑罰乱れて民心揺《ゆ》らぐ。

かく、政治論として寛容主義を主張するのは、その哲学が、宋の儒学、またそれを祖述した従来の日本儒学の、厳粛主義に反撥して、人生の哲学としても、寛容を主張するからである。

宋儒以爲、一理字可以盡乎天下之事、殊不知、天下雖無理外之物、然而不可以一理字斷天下之事也、學者據一理字以斷天下之事理、議論可聞、而求之於實、則不得其悉中矣、夫古今之終始、不可得而究焉、四旁之窮際、不可得而知焉、近取諸身、遠取諸物、凡其形狀性情所以然之故、皆不可得而窮詰也、佛者說三千世界、儒者以十二萬九千六百年爲一元、然推而到其外、則亦皆不可得而知也、理之不可窮也、可見矣、

宋儒《そうじゅ》以為《おも》えらく、一の理の字、以って天下の事を尽くす可《べ》しと。殊《こと》に知らず、天下理の外の物無しと雖《いえど》も、然《しか》れども一の理の字を以って天下の事を断《だん》ず可からざる也。学者、一の理の字に拠《よ》って、以って天下の事理を断ず。議論聞く可くして、之《こ》れを実《じつ》に求むれば、則ち其の悉《ことごと》く中《あた》るを得ず、夫《そ》れ古今の終始《しゅうし》、得て究《きわ》む可からず。四旁《ほう》の窮際《きゅうさい》、得て知る可からず。近くは諸《こ》れを身《み》に取り、遠くは諸《こ》れを物《もの》に取る。凡《およ》そ其《そ》の形状性情然《しか》る所以《ゆえん》の故《ゆえ》、皆得て窮詰《きゅうきつ》す可からざる也。仏者《ぶっしゃ》は三千世界を説く。儒者《じゅしゃ》は十二万九千六百年を以って一元と為す。然れども推《お》して其《そ》の外に到るときは、則ち亦《ま》た皆得て知る可からざる也。理の窮《きわ》む可からざるや、見つ可し。

一つの「理」の字をもって天下の事を断じてはいけない。つまり一つの図式で、思考と実践とを律してはいけないというのは、天地は一大活物であり、不断の運動であり、従って無数の分裂を生むのが、世界の本来であるという思考が、仁斎の世界観の根底にあるからである。それをいった条を、やや文を略して引けば、

凡天地間皆一理耳、有動而無靜、有善而無惡、蓋靜者動之止、惡者善之變、善者生之類、惡者死之類、非兩者相對而並生、皆一乎生故也、凡生者不能不動、惟死者而後見其眞靜也、其生也晝動而夜靜、然雖熟睡之中、不能無夢、及鼻息之呼吸、無晝夜之別、手足頭面、不覺自動搖、是皆其動處、

凡《およ》そ天地の間は、皆一理のみ。動有って静無く、善有って悪無し。蓋《けだ》し静とは動の止《し》、悪とは善の変《へん》、善とは生の類、悪とは死の類、両者相対《あいたい》して並び生ずるに非《あら》ず、皆生に一なるが故也。凡そ生くる者は動かざる能わず、惟《ただ》死者にして後《のち》、其《そ》の真に静なるを見る也。其の生くるや、昼動きて夜静かなり。然れども、熟睡の中と雖《いえど》も、夢無きこと能わず。鼻息の呼吸に及びては、昼夜の別無し。手足頭面《しゅそくとうめん》、覚えずして自《み》ずから動揺す。是れ皆其の動く処《ところ》なり。

いずれも堂堂たる達意の文章である。文法的あやまりがないのはもちろん、「和臭」もほとんどないであろう。仁斎は江戸の初期において、はじめて正しい格の漢文を書き得た人である。思想家として偉大であるばかりではない。仁斎の日本思想史上における位置についての私の考えは、「日本の心情」(新潮社など)について見られたい。また十七世紀後半の日本で生まれた彼の哲学が、中国では百年後の十八世紀後半、戴震《たいしん》の「孟子字義疏証」が説く哲学を、先取することについては、「学問のかたち」(養徳社)を参照されたい。

## 第七　近世の叙事の文章としての「古文」　碑誌伝状の文章

以上のような議論の文章とならんで、唐宋以後の「古文」の文学の、重要な部分となるのは、種種の形の伝記の文章である。叙事の文章である点は、歴史書の文章とおなじであるけれども、公的な記録である歴史書の「列伝」が、歴史の組成にあずかった重要な人物の伝記のみを叙するのとはちがっている。歴史書にのるような重要人、著名人を対象とすることが、この種の文章にも、むろんある。しかしより多くは、友人、知己、ないしは家族など、周辺の個人についての、私的な記録としての、伝記文である。

そのもっとも多くは「墓誌銘」の形をとる。それは墓上の石ではない。死者生前の事蹟を綴った文章を、碁盤形の方形の石にきざみ、棺とともに墓中にうずめるのである。重要な部分は散文であるが、さいごに韻文の「銘」が加わるため、「墓誌銘」と呼ぶ。またより少い場合として、墓上に立てる「墓《ぼ》碣《かつ》」「墓表《ぼひよう》」、更にまた大官の場合は、墓への参道に建てられる「神道碑《しんとうひ》」などがある。また、それら墓誌銘、墓碣、墓表、神道碑は、友人または門下生によって書かれるが、それらに材料を提供するため、家族もしくは門下生によって書かれた最も詳しい伝記は、「行状《ぎょうじょう》」「行実《こうじつ》」などと呼ばれる。その他ぶっつけに何某の「伝」というのもあり、あわせて「碑誌伝状《ひしでんじょう》」の文という。要するに個人の私的な伝記である。しかしそれゆえに、個人の事蹟を記述しつつも、それによってひろく人間の問題を説こうとする態度が、一そう顕著である。一そうというのは、「史記」以来の歴史書の「列伝」が、すでにそうであろうとする傾斜をもつからであるが、「碑誌伝状」の「古文」は、一そうその機会に富む。歴史書を大きなロマンとすれば、これは私小説である。

「古文」の文体、またその文学の創始者である唐の韓愈は、すでにこの種の文章に、異常な熱意と精力を示し、その全集の散文の部分の半ばをしめさせる。友人についての何篇かを、私は旧著「唐代文学抄」(弘文堂「アテネ新書」)に紹介した。ここには家族についての一篇をあげる。

なくなった娘の韓挐《かんだ》のために書いた「女挐《じょだ》壙銘《こうめい》」。壙も墓の意である。唐の年号でいえば元和《げんわ》十四年、八一九、韓愈は、時の天子憲宗が、仏舎利《ぶっしゃり》を宮中に迎え入れるのを攻撃した書簡を奏上したため、天子の怒りに触れて、広東《カントン》の潮州に流され、娘は、その悲しみのために死ぬ。その墓にうずめる石に書いたものである。

女拏、韓愈退之第四女也、恵而早死、

女《じょ》の拏《だ》は、韓愈退之《たいし》の第四女なり。恵《けい》にして早く死す。

「退之」は韓愈のあざな。「恵」の字は慧とおなじ。賢い娘だったが、わか死にをした。「恵而早死」、この四字で、不幸な娘の一生を総括する。中国の文章でも、総括は後に来るのが普通であり、初めに来るのは破格である。ここは破格をあえてして、重量を文章の初めに作った。賢い子であるのに幼くして死んだ。彼女の一生の事蹟として記述し得ることは、実はそれだけしかない。もし死ななかったら、賢い子であるだけに、それだけの人生をもったであろうに、という悲しみが、「恵而早死」の四字の裏に、おもおもしく隠されている。なぜ早く死んだか、次にはその理由を述べる。

愈之爲少秋官、言佛夷鬼、其法亂治、梁武事之、卒有侯景之敗、可一掃刮絶去、不

宜使爛漫、愈の少秋官《しょうしゅうかん》と為《な》るや、仏《ぶつ》は夷鬼《いき》にして、其《そ》の法は治を乱《みだ》る、梁武之《りょうぶこれ》に事《つこ》う、卒《つい》に侯景《こうけい》の敗あり、一掃刮絶《かつぜつ》して去る可く、宜《よろ》しく爛漫《らんまん》せしむべからずと言《い》う。

「少秋官」とは、司法次官を意味する。正式の官名は刑部侍郎である。古典「周礼《しゅらい》」以来の観念として、行政は六つの部分から構成され、六つの部分は、天地春夏秋冬に割り当てられる。

「周礼」は割り当てられたほうの名前で呼び、唐の制度では実質的な職掌の内容について呼ぶ。人事をつかさどる唐の吏《り》部は、「周礼」の天官にあたり、財政をつかさどる唐の戸《こ》部は、「周礼」の地官にあたり、文教をつかさどる唐の礼《れい》部は、「周礼」の春官にあたり、軍制をつかさどる唐の兵《へい》部は、「周礼」の夏官にあたり、刑罰をつかさどる唐の刑《けい》部は、「周礼」の秋官にあたり、建設、営造をつかさどる唐の工《こう》部は、「周礼」の冬官にあたる。そうした関係から、韓愈の現実の官名は「刑部侍郎」であったのを、気どって「少秋官」といったのであり、後代の批評家から、いつもは現実の歪曲《わいきょく》をきらう韓愈に似あわしからぬことであり、ぶっつけに刑部侍郎と書くべきであった、という批評をも、うけている。

さて、その「刑部侍郎」に在任中、天子に送った書簡の内容として、ほとけは夷狄の亡霊であり、その方法は政治を混乱させる。過去の歴史の経験として、六世紀の梁《りょう》の武《ぶ》帝は、それに奉仕したけれども、けっきょく利益をこうむらず、侯景《こうけい》の謀反による失敗を招いた。かく無益な存在であることは、歴史的にも明らかであるから、仏教は、一掃しさり、削りさり、絶滅さるべきものである。「爛漫」は「蔓延」と訳し得るであろう。伝染病のごとく蔓延させるのは、妥当でない。書簡はいわゆる「仏骨《ぶっこつ》の表《ひょう》」であり、全文が韓愈の全集の別の部分に見える。「卒」も「遂」「終」「竟」などとともに「ついに」と訓ずるが、終局においては、けっきょく、の意を示す。また、よろしく……なるべし、と訓ずる「宜」の字は、そうするのが妥当であるの意であるから、「不宜」は、「妥当でない」。

天子謂其言不祥、斥之潮州、漢南海揭陽之地、

天子其《そ》の言を不祥《ふしょう》なりと謂《い》い、之れを潮州《ちょうしゅう》に斥《しりぞ》く。漢の南海の揭陽《けいよう》の地なり。

「不祥」は、縁起が悪い。証拠として引いた歴史事実が、梁の武帝の悲惨な滅亡であったのを、さすであろう。潮州は、韓愈の時代である唐代の地名である。しからば「之れを潮州に斥《そりぞ》く」とだけでも、当時の人には、分りすぎるほど分るはずなのに、わざわざ「漢の南海の掲陽の地なり」と説明を加えているのは、それがはるか南方の、気候の悪い土地であることを、強調するためである。人は往往、事物の性質を、その歴史を顧み、歴史を含んで観察するとき、性質をより一そう明らかに感ずる性癖がある。そうした心理を利用したのである。

愈既行、有司以罪人家不可留京師、迫遣之、
愈既《すで》に行く。有司《ゆうし》、罪人の家は京師《けいし》に留まる可からざるを以って、迫《せま》りて之れを遣《や》る。

私が旅立ってしまったあと、しまったあとが、「既」の字であり、事態の完全な終了を意味する。「有司」は、係の役人。罪人の家族も都にとどめておけないというのが、当時の定まった法律であったかどうか。ここの書き方からいうと、それは定まった法律

でなく、そのときの「有司」の解釈であったようにひびく。とにかく有司の意思として、家族も強制退去を命ぜられた。

女挐年十二、病在席、

女《むすめ》の挐《だ》は年十二、病《や》んで席《せき》に在り。

「席」は、ベッドの下敷きを意味する。何でもないいいかたのようであるが、ベッドの下敷きの上に病身の身を横たえていたといういいかたは、現実感をもつ。

既驚痛與其父訣、又輿致走道、撼頓、失食飲節、死于商南層峰驛、

既に其の父と訣《わか》るるを驚痛《けいつう》し、又た輿致《よち》せられて道を走り、撼頓《かんとん》す。食飲節《せつ》を失し、商南《しょうなん》の層峰駅《そうほうえき》に死す。

家族が退去したさきは、父が流罪のためにたどる道とは別の方向であったと、そのことはいわれていないけれども、いわれていないことが、かえってわれわれにそう推測さ

せる。退去の命令を受けた十二の娘は、父との訣別に心を驚かせ痛めた上に。ここの「既」は、「上に」の意を含む。事がらの完結を示すことは、前の「愈既行」の「既」と同じであるが、ここは下に「又」の字があるから、「既……又……」で、……のみならず……その上に、の意となる。驚嘆と悲痛とをもった既《あと》に、さらに又、「輿致《よち》せられて道を走り、撼頓《かんとん》す」。「輿」は、かご、もしくは車。「致」は拉致の致、つれてゆかれる。「撼頓」はゆさぶられる。その疲労によって病勢は一層増したというのが、文の表面に現われないことがらとして、むろんある。そうして食べものの節度を失った。死を招いた第三の条件である。「商南《しようなん》の層峰駅《そうほうえき》に死す」。かごにゆられてそこまで来て、なくなった。「商」は、商山、「商南」は、その山の南である。「層峰駅」は小さな地名であろうが、詳しい場所を知らない。

即瘞道南山下、
即ち道の南の山下に瘞《うず》む。

「瘞」は「埋」。仮り埋葬である。むろん葬式の儀礼をととのえてやることもできない。

ただもう即刻埋めるだけであった、という悲痛を、「即」の一字を中心として表現する。

五年、愈爲京兆、始令子弟與其姆易棺衾、歸女挐之骨于河南之河陽韓氏之墓、葬之、

五年にして、愈京兆《ゆけいちよう》と為《な》る。始めて子弟と其《そ》の姆《ぼ》をして棺衾《かんきん》を易《か》えしめ、女挐《じよだ》の骨を河南の河陽《かよう》の韓氏の墓に帰《かえ》して、之れを葬《ほうむ》らしむ。

後五年、韓愈は許されて北に帰り、栄転して「京兆」となった。完全な官名は、「京兆尹《いん》」、首都長安の首長である。そうした環境の変化によってやっと、それが、「始」の字である。「子弟」は一族の若もの。「姆」は乳母。それらを仮り埋葬の場所にやって、棺おけと、棺おけの中で死体を包むふとん、それらを完全なものにかえさせた。そうして彼女の骨を、家代代の墓地、河南の河陽の韓氏一族の墓に送り届けて、正式に埋葬した。

ここは甚だ詳細に書かれている。「葬於河陽韓氏墓」、それだけでも事は足る。それをかくぎょうぎょうしく、ながながと書いているのは、いまや、いまを時めく長安市長として、堂堂と、娘を葬ったという、客観的事実を、わざと丁寧に書き、かく現在の周辺

がこのことを許すならば、過去の周辺はなぜあんなにも私をむごく扱い、もっともむごいこととして、罪もない十二の子どもまでも死なせたか。そうした悲しみと憤りをぶちまけているのである。文章の表面は、何人も異議のさしはさみようのない客観的な事実、それを詳しく叙述するだけであるが、その裏に感情を含め、裏にある感情についても、人人が同調せざるを得ないようにするのは、韓愈の常に用いる手法である。以下の叙述も、ただその死の年と、正式の埋葬の年とを、記すだけのように見えるが、やはりそうである。

女挐死、當元和十四年二月二日、其發而歸、在長慶三年十月之四日、其葬在十一月之十一日、

女《じよ》の挐《だ》の死するは、元和《げんわ》十四年二月二日に当《あた》る。其《そ》の発《はつ》して帰るは、長慶《ちようけい》三年十月の四日に在《あ》り。其の葬《ほうむ》るは十一月の十一日に在り。

「発」とは、仮り埋葬の場所から発掘されるのをいう。これまた客観的事実である。しかしもし、平静な環境の中での死なら、一度でちゃんと埋葬され、ふたたびの埋葬のた

めに、「発」掘される必要はなかったであろう。悲哀と憤りは、「発」の一字の裏にもうごめいている。「死は元和十四年二月二日に当る」。これも常にあるいい方でない。「当」の字の裏にも、何かがあるであろう。

銘曰、汝宗葬于是、汝安帰之、惟永寧、

銘に曰わく、汝《なんじ》の宗是《そうここ》に葬《ほうむ》らる。汝安らかに之れに帰せよ。惟《こ》れ永《とこしな》えに寧《やす》かれ。

さいごの「銘」は、ふつう脚韻をふむが、これはふんでいない。「宗」は一族。一族のむれいるところ、そこでおまえは永久に安かれ。もう生前のような苦しみはないぞ。

韓愈をはじめとして、「唐宋八家」によって、多くの碑誌伝状が書かれている。清水茂「唐宋八家文」(朝日新聞社「中国古典選」)には、八家の議論の文章とともに、そのいくつかを収める。

また唐宋以後、元《げん》、明《みん》、清《しん》の多くの文人によって書かれた碑誌伝状は、各家の全集に見えるものを総計すれば、これまた数十万篇に達するであろう。明では帰《き》有光《ゆうこう》が名手とされ、清では方苞《ほうぼう》その他が名手とされる。

帰有光の文章では、なくなった母の伝記「先妣事略《せんぴじりやく》」が、もっとも名文とされるのを、かつて「中国文学入門」（弘文堂「アテネ文庫」）に解説した。ここには、江蘇省常熟《じようじゆく》県の、中産の家の家長であった彼が、寒花《かんか》を名とする女中のために書いた「寒花葬志」をあげる。「志」は「誌」とおなじ。

婢魏孺人媵也、嘉靖丁酉五月四日死、葬虚丘、事我而不卒、命也夫、

婢《ひ》は魏孺人《ぎじゆじん》の媵《よう》なり。嘉靖丁酉《かせいていゆう》五月四日死す。虚丘《きよきゆう》に葬《ほうむ》る。我《われ》に事《つか》えて卒《お》えず。命《めい》なるかな。

「魏孺人」とは、魏《ぎ》を里方の姓とする、帰有光の妻である。「孺人《じゆじん》」は、妻に対する敬称。「媵《よう》」は、嫁入りについて来た女中。「嘉靖丁酉」は、明《みん》の世宗《せいそう》の嘉靖十六年、一五三七。「虚丘」は地名であろう。「事」は動詞であって、「仕」と同じ。女房について来た女中であるから、自分に奉仕するのが仕事であるが、その仕事を終えずになくなった。それも運命である。やはり一生を総括した叙述で、文章は始まる。「命也夫」の「也」も「夫」も強調の助字。「也」はすでにたびたび見て来たように句末にのみ来る。「夫」

は、ここのように句末に来るほか、句首にも来る。その場合は、いわゆる「発語の辞」となり、「ソレ」あるいは「カノ」と訓ずるが、ここのように句末にある場合は、「カナ」と訓ずる。

婢初媵時、年十歳、垂雙鬟、曳深緑布裳、

婢《ひ》初《はじ》めて媵《よう》せし時、年《とし》十歳。双鬟《そうかん》を垂れ、深緑《しんりょく》の布裳《ふしょう》を曳《ひ》く。

「双鬟《そうかん》」は、二つにゆい分けたお下げである。ダーク・グリーンのもめんのスカート。いなかっぽい服装であると想像されるが、それを引きずるように着ていた。

一日天寒、爇火、煮荸薺熟、婢削之盈甌、予入自外、取食之、婢持去不與、魏孺人笑之、

一日天寒く、火を爇《た》き、荸薺《ぼっせい》を煮《に》て熟《じゅく》す。婢《ひ》之れを削って甌《おう》に盈《み》つ。予《よ》外より入り、取りて之れを食う。婢《ひ》持《じ》去《きょ》して与えず。魏《ぎ》孺人《じゅじん》之れを笑う。

以下、この女中に対する追憶を述べる。

ある日、たいへん寒かった。「天」は、天気の意。暑ければ、「天熱」。「爇」は、火をおこす。「荸薺」は、くわい。蘇州の近在は、くわいの名所であったと記憶する。女中の寒花は、ゆでたくわいの皮のむいたのを、鉢いっぱいにしていた。ちょうど外から帰って来た私が、それを手でつまんで食ったところ、幼い女中は、鉢ごと持っていって、私にくれない。妻はそれを見て笑いこけた。

孺人毎令婢倚几旁飯、即飯、目眶冉冉動、孺人又指予以爲笑、
孺人《じゅじん》毎《つね》に婢《ひ》をして几旁《きぼう》に倚《よ》りて飯《はん》せしむ。飯《はん》に即《つ》くに、目眶冉冉《もくきょうぜんぜん》として動く。孺人《じゅじん》又た予《よ》を指さして以って笑いと為す。

妻の魏孺人は、いつもこの女中に、テーブルのそばで飯を食わせたが、飯の前までゆくと、まぶたがぴくぴく動いた。子どもだから、ごちそうにありつくのがうれしかったのである。そのようすを、妻はまたおかしがり、またもや私のほうを指さして笑いこけた。

回思是時、奄忽便已十年、吁、可悲也已、

是《こ》の時を回思《かいし》するに、奄忽《えんこつ》として便《すなわ》ち已《すで》に十年なり。吁《ああ》、悲しむ可きなるのみ。

「回思」は、ふりかえっておもいだすこと。現代日本語の回想に当る。「奄忽」は、時間が重量をもって、しかもあわただしく、過ぎ去ること。「便」も「すなわち」と訓ずるが、ある状態を、別の見方からする状態におきかえて、はっとする感じを、しばしば表わす。そのとき以来の時間は「奄忽」としてすぎ去ったが、考えてみると、はや十年であると、そういった感じである。「吁」音ク xū は感嘆詞、「ああ」と訓ずる。「可悲也已」、悲しむ可きのみ。「也已」の二字が、句末にあって感情を深めること、いうまでもない。「已」は「矣」の別字とも見られるが、「而已」の略とも見られるので、訓読は多く「のみ」と読む。

碑誌伝状を、漢文で書くことは、日本の江戸時代の漢文家によっても、行なわれた。その集録としては、備後の人、五弓雪窓《ごきゅうせっそう》の「事実文編」、正編八十巻、次編二十二巻、雑編十二巻、後編三巻、通計一百十七巻がある。上は文亀から下は明治に至るまで、大約一千九百余の人物に関する文章を収め、明治の末、国書刊行会によって活字にされたが、不勉強な私は、全く読んでいない。むしろその伝統の現代における継承として、先師狩野直喜先生が、近衛文麿のために書かれた墓志をあげよう。

公諱文麿、霞山公長子、母金澤前田氏、幼而俊敏、有台輔之望、昭和十二年、奉命組閣、任爲總理大臣、會蘆溝橋事變、公謂、支那我輔車、不可共生隙、欲速解結、而我軍南下、如燎原之火、無知所止、米國助彼疎我、交渉險艱、公亦以此辭職、十五年再奉命爲首相、先之軍部唱三國同盟、久而未決、公出盟成、公謂、已與獨伊盟、宜加蘇爲四、凡戰之起、由勢力不均衡、苟如此、米必不出師助英、又足以便我交渉、外相松岡、亦以爲然、乃奉命往蘇、締日蘇中立條約、又往獨、告之而歸、未幾獨背盟、用兵於蘇、松岡亦言、米不可信、交渉無益、公以此辭職、三奉命組閣爲首相、然當此時、軍閥之勢、牢不可拔、日米交渉之稍利於我者、亦爲其所阻、陸相東條、主張開戰、不與公合、公又以之乞骸骨乃去、自東條代之、大東亞戰起、勝初敗終、爲城下之盟、可痛也、二十年、米軍進駐帝都、元帥馬某、示政府以戰爭容疑者、中有公名、公曰、予生累代攝關之家、義不可辱、仰毒而薨、時十二月十六日、年五十

三、配豊後毛利氏、生男女各二、曰文隆、曰通隆、姉適島津公長子忠秀、妹適細川侯長子護貞、

公諱《いみな》は文麿、霞山公の長子。母は金沢の前田氏。幼にして俊敏、台輔の望有り。昭和十二年、命を奉じて閣を組し、任ぜられて総理大臣と為る。会《たま》たま蘆溝橋事変あり。公謂《い》う、支那は我が輔車、共に隙《げき》を生ず可《べ》からずと。速《すみや》かに解結せんと欲して、而かも我が軍南下、燎原の火の如《ごと》く、止る所を知る無し。米国彼を助けて我れを疎んじ、交渉険艱なり。公亦《ま》た此《ここ》を以って辞職す。十五年再び命を奉じて首相と為る。之れより先き軍部三国同盟を唱え、久しくして未まだ決せず。公出でて盟成る。公謂う、已《すで》に独伊と盟す、宜《よろ》しく蘇を加えて四と為すべし。凡《およ》そ戦の起こるは、勢力の均衡ならざるに由《よ》る。苟くも此《か》くの如くば、米必ず師を出だして英を助けず、又た以って我が交渉に便するに足ると。外相松岡、亦た以って然《しか》りと為す。乃《すなわ》ち命を奉じて蘇に往き、日蘇中立条約を締す。又独に往き、之れを告げて帰る。未まだ幾ばくならずして、独盟に背き、兵を蘇に用う。松岡亦た言う。米は信ず可からず、交渉は益無しと。公此《ここ》を以って辞職す。三たび命を奉じて閣を組し首相と為る。然れども此の時に当り、軍閥の勢、牢として抜く可からず。日米交渉の稍《やや》我れに利な

る者、亦た其の阻む所と為る。陸相東条、開戦を主張し、公と合わず。公又之れを以って骸骨を乞いて乃ち去る。東条之れに代りて自《よ》り、大東亜戦起こる。初めを勝ち終りを敗り、城下の盟を為す。痛む可き也。二十年、米軍帝都に進駐す。元帥馬某、政府に示すに戦争容疑者を以ってす。中に公の名有り。公曰《い》わく、予《われ》累代摂関の家に生まる、義辱かしめらる可からずと。毒を仰ぎて薨《こう》ず。時に十二月十六日、年五十三。配は豊後毛利氏。男女各おの二を生む。文隆と曰い、通隆と曰う。姉は島津公の長子忠秀に適《ゆ》き、妹は細川侯の長子護貞に適《ゆ》く。

この文章、必ずしも先生の代表作というわけでない。しかしいわゆる「事に拠って直ちに書す」、客観的な事実をそのまま書きながら、感情を裏に託すという中国の「碑誌伝状」の伝統手法によって、書かれている。中国語会話の名人でもあった先生は、アメリカは「美」měi、ドイツは「徳」dé、イタリーは「義」yì という方が、中国風であることを、むろん知っていられた。「米」と書き「独」と書き「伊」と書いていられるものにも、微意があるかも知れない。

# 第八　白話文

以上で漢文の訓読が対象とする文章の、すべての種類を説きつくした。それらは、中国についていえば、前世紀まで、あるいは今世紀初までの文章の、九十五パアセント以上を占める。すべてみな、口語とはことなった文章語で綴った文章である。

しかし前世紀までの中国にも、それとはちがった文体の文章が、五パアセント以下の比率では、存在した。口語そのままに写そうとする文体のものである。上篇でふれたように（六七頁）、表音文字をもたない中国で、口語をそのままに写すことは、表音文字を用いる地域、たとえばカナを漢字と併用する日本ほどには、便利でない。しかし中国の文章としては、せいぜい口語に近接した形のもので、それらはある。

唐以前の文献には、この種の文体のものはないと思われる。少くとも現存する文献についていえば、そうである。それが現われるのは、唐以後である。まず禅家の「語録」、すなわち老師の言葉の記録として現われ、ついで宋代からは、儒家の「語録」として現われる。更にまた元代からは、演劇の脚本、ことにそのセリフの部分として、また明代からは、小説として、現われる。

ところでこれら口語を直写した文章に対して、訓読はあまり有効でない。何となれば、ここまで説いてきた文章語の諸文章は、上篇の第四で説いたように、ABの形であるが、それに対し口語は、AxByと、助字を中心としていろいろの附加語を伴う。xyは、往往にして訓読では処理し得ない煩瑣な語である。かくてABに対しては甚だ有効な訓読が、もはや効果をみたさない。むりに訓読すれば、むりなものとなる。

まず「碧巌録」は禅家の「語録」の代表となるものであろうが、その巻一第二則をあげて見よう。

垂示云、乾坤窄、日月星辰一時黑、直饒棒如雨點、喝似雷奔、也未當得向上宗乘中事、設使三世諸佛、只可自知、歷代祖師全提不起、一大藏教、詮注不及、明眼衲僧、自救不了、到這裏、作麼生請益、道箇佛字、拖泥帶水、道箇禪字、滿面慚惶、久參上士、不待言之、後學初機、直須究取、

この条の、朝比奈宗源氏による訓読は、次の如くである。

垂示に云く、乾坤窄《すぼ》く、日月星辰一時に黒《くろ》し。直饒《たとひ》棒、雨点の如く、喝、雷奔に似たるも、也《また》未だ向上宗乗中の事に当得《たうとく》せず。設使《たとひ》三世の諸仏も、只《ただ》自知す可し。歴代の祖師も、全提不起。一大蔵教も、詮注《せんちゆう》し及ぼさず。明眼《みやうげん》の衲僧《なふそう》も、自救不了《じくふれう》。這裏《しやり》に到つて作麼生《そもさん》か請益《しんえき》せん。箇《こ》の仏の字を道《い》ふも、拕泥帯水《だでいたいすゐ》。箇《こ》の禅の字を道《い》ふも、満面の慚惶《ざんくわう》。久参の上士は、之を言ふを待《ま》たず。後学初機は、直《ぢき》に須らく究取すべし。

（岩波文庫）

かく訓読できないではない。しかしむりをまぬがれぬ。

また儒家の「語録」の代表の一つとして、明《みん》の王守仁《おうしゆじん》、すなわち王陽明《おうようめい》、その弟子が、師の語を記録した「伝習録」の一部を示せば、

先生曰、這些子看得透徹、随他千言萬語、是非誠偽、到前便明、合得的便是、合不

得的便非、如佛家説心印相似、眞是箇試金石指南針、

これもむりに訓読すれば、次のごとくなる。

先生曰わく、這些《しゃさ》子《し》を看得《みえ》て透徹ならば、他《かれ》の千言万語するに随《まか》せ、是非誠偽、前に到りて便《すなわ》ち明らかなり。合い得たる的《てき》のものは、便ち是《ぜ》にして、合い得ざる的《てき》のものは、便ち非なり。仏家の心印《しんいん》を説く如きと相い似たり。真に是れ箇の試金石指南針。

これら「語録」の文章については、口語訳が、よりよい方法であろう。そこのほんの少しのところをちゃんとはっきり見通したならば、たとい相手が千言万語しようとも、その是非真偽、わが前に来たがさいご、すぐ明瞭である。合致したものが是であり、合致しないものが非。仏家のいう心印と似たものであって、これこそ試金石であり指南針である。

更にまた小説の文章として、長篇のさいしょである「水滸伝」、その第二十四回の一

節を、例としよう。

武松也知了八九分、自家只把頭來低了、那婦人起身去盪酒、武松自在房裏拿起火筯簇火、那婦人煖了一注子酒、來到房裏、一隻手拿着注子、一隻手便去武松肩胛上只一揑、說道、叔叔、只穿這些衣裳不冷、武松已自有五分不快意、也不應他、那婦人見他不應、劈手便來奪火筯、口裏道、叔叔你不會簇火、我與你撥火、只要一似火盆常熱便好、武松有八分焦躁、只不做聲、那婦人慾心似火、不看武松焦躁、便放了火筯、却篩一盞酒來、自呷了一口、剩了大半盞、看着武松道、你若有心喫我這半盞兒殘酒、武松劈手奪來、潑在地下、說道、嫂嫂休要恁地不識羞恥、把手只一推、爭些兒把那婦人推一交、武松睜起眼來道、武二是箇頂天立地噙齒戴髮男子漢、不是那等敗壞風俗沒人倫的猪狗、嫂嫂休要這般不識廉恥、爲此等的勾當、倘有些風吹草動、武二眼裏認的是嫂嫂、拳頭却不認的是嫂嫂、再來休要恁地、那婦人通紅了臉、便收拾了杯盤盞碟、口裏說道、我自作樂耍子、不值得便當眞起來、好不識人敬重、搬了家火自向厨下去了、

これを、幸田露伴、平岡龍城両氏は、次のように訓読する。

武松也《また》八九分を知了し、自家只頭《ただかうべ》を把《と》り来つて低了す。那《か》の婦人身を起し去つて酒を盪《あたた》む。武松自ら房裏に在《おい》て火筋《ひばし》を拿起《だき》して火を簇《つ》む。那《か》の婦人一注子の酒を煖了し、房裏に来到し、一隻手注子《さけつぎ》を拿着し、一隻手便《すなは》ち武松の肩胛上に去《ゆ》いて只一担《でっ》し、説道《ときい》ふ、叔叔、只這《こ》の些《さ》の衣裳を穿《うが》ち、冷ならずや。武松已《すで》に自ら五分の不快の意有り、也他《またかれ》に応ぜず。那《か》の婦人他《かれ》の応ぜざるを見て、劈手に便《すなは》ち来りて火筋を奪ひ、口裏に道《い》ふ、叔叔、你《なんぢ》火を簇《そう》するを会《ゑ》せず、我你《なんぢ》が与《ため》に火を撥せん、只要《かなら》ず一に火盆の似《ごと》く常に熱ければ便ち好し。武松八分の焦躁有り、只声を做さず。那《か》の婦人慾心火の似《ごと》くして、武松の焦躁を看《み》ず、便《すなは》ち火筋を放了し、却《かへつ》て一盞酒を篩《つ》ぎ来りて、自ら一口を呷了し、大半盞を剰し了し、武松を看着して道《い》ふ、你若《なんぢもし》心有らば我が這《こ》の半盞児の残酒を喫せよ。武松劈手に奪ひ来り、潑《こぼ》して地下に在り、説道《ときい》ふ、嫂嫂、恁地《かくのごとく》に羞恥を識《し》らざるを要する休《なか》れと、手を把《と》つて只一推し、争些《すん》児《で》に那《か》の婦人を把つて推《すゐ》一交す。武松眼を睜起《せいき》し来り道《い》ふ、武二は是箇《これこ》の頂天立地《りっち》嚙歯《きんし》戴髪《たいはつ》の男子漢、是那等《かれら》の風俗を敗壊する没人倫的の猪狗《ちょこう》ならず、嫂嫂這般《かやう》に廉恥を識らざるを要する休《なか》れ、此等《これら》的《てき》の勾当《こと》を為す、倘些《もしさ》の風吹き草動く有らば、武二眼裏には是嫂嫂なるを認め得るも、拳頭は却て是嫂嫂なるを認め得ざるなり、再《ふた》来《たび》恁地《かくのごとく》なるを要する休《なか》れ。那の婦人臉《かほ》を通紅し了し、便《すなは》ち杯盤盞碟を収拾し了し、口裏説道《ときい》ふ、我自ら楽要《らくさ》を作《な》す、便《すなは》ち真に当て起し来るを得るに値《あた》らず、人の敬重を識らずと、家火を搬了して自ら厨下に向ひ去了す。

（国訳漢文大成）

要するに甚だ無理をまぬがれない。訓読ではさばききれない語が、あまりにも多いからである。この文章は、かつて私が訳した左の口語訳が、むしろ原文の語気に近いであろう。

武松も八分通りは察しましたが、こっちはさしうつむいているばかり、てんで相手にしません。女が酒の燗に立ったあと、武松はひとり部屋の中で、火箸を手にして、火をいじくっていましたが、女、銚子の酒をあたためて来て、部屋にはいりますと、片方の手では銚子をもち、片方の手では武松の肩をつねりながら、「二郎さん、こんな薄着で、寒くはない。」

武松、もう大分むっとしておりますので、返事もしません。女、返事をせぬのを見て、さっと火箸をひったくり、そっとささやきかけますには、

「二郎さん、あんたは火を起こすのが下手ね。わたしが火をいらけてあげましょう。ね、ね、火鉢みたいにいつも暖くしましょうよ。」

武松、いらいらしながら、黙りこくっております。女は欲情火のごとく、武松の不機嫌にはお構いなく、火箸を投げ出しますと、一杯ついだのを、ぐっとあおった残りの半分とすこし、武松の方を見つめつつ、

「ね、気があるのなら、このあとの半分をのんでちょうだい。」

武松、さっと引ったくって、床にぶちあけ、

「ねえさん。きまりの悪いことをなさるのも、いい位になさい。」

と、つと手でひと推し、あやうく女をそこへつきころばすところでありました。

武松、目をむき出して、

「わたくしは俯仰天地に恥じざる一人前の男。妙なことをして人の道をふみはずすような馬鹿じゃない。ねえさん、不ざまなことは程程にして、そんな真似はおよしなさい。もしも万一、何かおかしなことがあったら、二郎の目は姉さんを知ってい

ても、拳固の方は姉さんを知らん。もう二度とこんなことをするんじゃありませんよ。」

女、顔じゅうをまっかにして、皿さかずき皿碗を片づけますと、ひくい声で、「冗談にいって見ただけだわ。本気にするなんて馬鹿らしい。人の気も汲まずにさ。」

と、道具を運んで、台所の方へ行ってしまいました。　（岩波文庫）

「水滸伝」をはじめ、「三国志」「西遊記」「金瓶梅」「紅楼夢」、みなこの文体である。ところで、かく訓読では処理し得ない口語文、その今世紀初までの存在は、五パアセント以下の比率にとどまり、のこりの九十五パアセントは、訓読を適用し得る文章語の文章であった。歴史書も、議論文も、碑誌伝状の伝記文も、みなそうであった。

ところが今世紀の中国では、状態がちがっている。現代の中国は、過去の中国と、文明を連続させつつ、しかもいくつかの点で非連続であるが、大きな非連続の一つは、言語生活である。今世紀初めまで記載言語として絶対の勢力をしめた文章語、すなわち訓読で処理し得る文体は、後退し、過去では小説の文章、講義録の文章としてのみ、例外な存在であった口語文、つまり訓読では処理しきれない文体が、現在の中国の文章の支配的な勢力となっている。それは「白話文」と呼ばれる。それに対し、過去に支配的であった文章語は、「文言《ぶんげん》」と呼ばれる。「文言」と「白話」との比率、過去では九十五対五であったのが、今では逆に五対九十五となっている。

この大きな変革は、一九一〇年代に行われた。胡適《こてき》によって理論がとなえられ、魯迅によって、実践が充実され、近代文学の文体となった。また新聞の文体となり、論文の文体となっている。例として魯迅の短篇、「頭髪的故事」、髪のはなし、その結末に近い部分をあげる。

N愈説愈離奇了，但一見到我不很願聴的神情，便立刻閉了口，站起來取帽子。

我説，『回去麼？』

他答道，『是的，天要下雨了』。

我默默的送他到門口。

訳せば、

Nの話ははなせばはなすほど奇妙になった。しかし私があまりききたくない様子を見てとると、さっそく話をやめ、立ち上って帽子をとった。

私はいった、「帰るのか。」

彼は答えた、「うん、雨になりそうだ。」

私は黙黙と彼をかど口まで見送った。


会話の部分だけでなく、地の文の部分も、むろん口語である。そのゆえに、訓読では対処し得ない。もししいて訓読するならば、大へんおかしな日本語となる。


Nは愈《いよ》いよ説いて愈いよ離奇となり了《おわ》んぬ。但《た》だ一たび我の很《はなは》だしくは聴くを願わざる的の神情に見到るや、便《すなわ》ち立刻に口を閉じ了り、站《た》ち起き来たりて帽子を取る。

我は説く、「回《かえ》り去る麼《や》。」

他《かれ》は答えて道《い》う、「是《ぜ》なり。天は雨を下さんと要し了んぬ。」

我れは黙黙として他《かれ》を送りて門口に到る。

魯迅のまた一つの小品、「鴨的喜劇」、あひるの喜劇、その冒頭を、事態をあきらかにするために、もう一ど例とすれば、

俄國的盲詩人愛羅先珂君帶了他那六絃琴到北京之後不多久，便向我訴苦說：

『寂寞呀，寂寞呀，在沙漠上似的寂寞呀！』

これはもはや、

俄国《がこく》の盲詩人愛羅先珂君、他《かれ》の那《か》の六絃琴を帯び了《おわ》りて北京に到りしの後、多く久しからずして、便《すなわ》ち我に向かい苦を訴えて説《い》う、

「寂寞なる呀《かな》、寂寞なる呀《かな》、沙漠の上に在るに似て寂寞なる呀《かな》」。

という訓読の日本語に相当するものではない。

ロシアの盲詩人エロシェンコ君が彼のあのギターをもってペキンへついて間もなく、私にこぼしていった。

「さびしいよ、さびしいよ、沙漠にいるようにさびしいよ。」

そうした日本語に相当するものである。

要するに、現代の中国の文章は、「白話文」であり、口語文であるゆえに、訓読の対象とならない。それは別の方法で、学ばれ、読まれねばならない。

もっとも現代の文章のなかにも、「文言」が絶無ではない。孫文の遺嘱《いしょく》、

革命尚未成功

同志仍須努力

魯迅の有名な言葉、

絶望之爲虚妄

正與希望相同

これらは、いずれも「文言」である。前者は、

革命　尚《な》お未《い》まだ成功せず
同志　仍《な》お須《す》べからく努力すべし

後者は、

絶望の虚妄《きよもう》為《な》る
正に希望と相い同じ

と訓読される。

# あとがき　専門家のために

この書物の大部分は、専門家のために書かれていない。しかし専門家に対することばとして、私の新しい学説を、書いた部分を含む。上篇の第四および第五である。

中国のいわゆる「文言」が、その成立のはじめから、口語と距離をもった記載言語であったとすることであって、私のこれまでの書物では「中国散文論」（弘文堂）その他、みなここまでいい切っていない。そういい切る自信が熟しなかったからである。今はそういってよいと自信するようになったので、そのことをこの書物の一部分としてのべる。

むろん専門家による討論を、期待する。

壬寅十二月四日、アメリカの旅に出る前日　東京旅舎において

# 解説

興膳宏

## 一

中国語では、かなり早くから、書きことばの文体が話しことばから独立して、独自の発達を遂げた。ここでいう中国語とは、漢民族の原語である漢語を意味する。多民族国家である中国では、言語の種類も多く、厳密に定義すれば漢語というべきであろうが、ここではわが国での慣用に従って、中国語と呼ぶことにする。

中国語はいわゆる孤立語で、一語一字が一つの独立した意味を持ち、基本的には語と語の上下関係によって、一つのまとまった文を完成しようとする。本書の著者のいい方を借りれば、文語が漢字ABで表現されるとすれば、口語は表記すべき漢字の用意されていない要素xyを伴って、AxByの形で表現される。逆のいい方をすれば、口語表現に伴う余剰を切り捨てて、ことがらの頂点を示す語のみによって綴られたのが文語である。わが国で「漢文」と呼び慣わされているのは、こうした形で成立した文語、別の呼び方によれば「文言《ぶんげん》」である。

なお、念のためいえば、中国の文章語がかく簡潔あるいは単純な構造を持つことを捉えて、それが言語として未成熟あるいは不完全なものであるがごとく主張する論者が往々にしてあるが、それは無知によるとんでもない誤解である。いわゆる「漢文」が意思伝達の機能としていかに精緻な文体に鍛えられ、磨き上げられたものであるかということこそ、著者が本書で力を込めて説き明かそうとしたことである。

さて、中国で文語が早くから成立して発展を見たことについては、それなりの必然性もあった。広大な国土を有する中国では、同じ漢民族の言語でも、地域によって多数の方言が存在する。現在でも、北方の北京《ペキン》人と南方の広東《カントン》人がお国ことばで意思を疎通させるのは困難だが、地域による方言の多様性とそれに起因するコミュニケーションの難しさは、古代に遡っても事情は同じだったはずである。まして現代のように共通語というものが存在しない状況を考慮すれば、異なった地域の人々が口頭の言語のみで互いの意思を通じあうことがいかに困難だったか、想像に余るものがある。

そうした言語環境の中で、漢民族が共有する漢字を共通の語法によって綴る書きことばの文体は、生まれるべくして生まれたともいえるだろう。過去のヨーロッパでいえばラテン語、現代の世界でいえば英語のような役割を、文言は長く果たしてきたのである。ちなみにいえば、近代以前に日本人が中国人や朝鮮人とコミュニケーションを行なうには、漢文による筆談が普通だった。

日本人の祖先は、日本語を表記するための文字に漢字を取り入れた。日本語は膠着語で、孤立語である中国語とは全く言語的な性質を異にしている。だから、漢字を日本語の中に組み入れるには、さまざまな工夫をする必要があった。和語を漢字で表記するために凝らされた数々の工夫は、『古事記』や『万葉集』によく示されている。のちには、漢字からカタカナ・ひらがなが析出されて、日本語の表現機能を豊かなものにした。その一方で、中国の文章語である「漢文」を読むために、我々の祖先は独特の創意をはたらかせた。それがいわゆる訓読法である。

たとえば日本語で「花を見る」という文は、目的語の「花」が上に、動詞の「見る」が下にある。ところが、中国語の「看花《カンホア》」では、逆に動詞の「看」が上に、目的語の「花」が下になる。この中国語の構文はそのままにして、日本語の語序に置き換えて読もうとするために、「看」の左下に「レ」の記号、つまり返り点を付して、「花」を「看」に先行させることを示す。また、「花」の右下に「ヲ」という助詞を、「看」の右下に「ル」という動詞の活用語尾を、送り仮名として記す。「看《ル》レ花《ヲ》」。こうした手段を講ずることによって、中国語の「看花」が日本語の「花を看る」に読みかえられる。すなわち訓読法とは、中国語の文を日本語に移し換えるための、一種の直訳法といえる。訓読法の原理をごく単純化していえば、こんなことになるはずだ。

漢字には中国語の音声を写した「音」と、和語の意味を当てた「訓」とがあり、この音と訓を臨機応変に当てはめながら読んでいけば、どんな漢文でも読めないものはない。漢文を仮名交じりに訓読した書き下し文は、和語のみによって綴られた文とは異なる独特の調子を持っており、それは日本語における文章語の形成のためにも大きな貢献をしてきた。

近代化を経験する前の日本において、すべての文明の基準は中国にあった。だから、中国の古典は儒家の書を中心として盤石の重みを持っていたし、学者もまた中国人が書くように、古典中国語の文体を忠実に模した文章を書くことに努めた。江戸時代までに日本人が漢文で書いた書物も、おびただしく伝存している。ただ、いかに達者に漢文を綴ることのできる人でも、一つだけ中国人とは違ったところがあった。それは、彼らのうちごく僅かの例外を除けば、中国語に習熟せず、従って中国語の発音も知らず、全て日本語の枠内で発想していたことである。だから、時として中国語らしくない表現、いわゆる和臭を免れぬこともあった。

しかし、中国語を知らない日本人が、中国の文章語を自在に読みこなし、中国人と同じように中国語の文章を書くということは、すばらしいことに違いない。他国の言語の発音に通ぜずに、その国の古典が読めるということは、世界的に見ても希有な現象である。これは日本人が長い歴史を通じて営々と蓄積してきた漢文訓読法のお陰である。現代の社会において、漢文はもはやかつての重みを失い、漢文に習熟する人も限られている。だが、漢字の知識を有する日本人である限り、少しばかりの努力を積めば、漢文が読めるようになる。そして、その彼方には中国や日本の豊穣な伝統文化の世界が開けているのだ。

二

本書の著者吉川幸次郎（一九〇四〜一九八〇）は、二〇世紀日本を代表する中国文学者である。清朝考証学の実証を重んずる学風を祖述して、言語表現に密着した精密な文学研究の方法を確立した。吉川の学問は極めて幅が広く、戦前の『尚書正義』を中心とする経書研究や、元曲(元代の演劇)研究から、戦後の杜甫を始めとする詩史研究まで、広範な領域にわたって多彩な成果を挙げている。また、五〇年代以降には、詩人三好達治との共著『新唐詩選』や、フランス文学者桑原武夫との共著『新唐詩選続篇』を端緒として、読書界に広く名を知られるようになり、その新鮮な感覚と格調高い文体によって多くの読者を魅了した。

吉川は、もっぱら訓読によって中国の文献を考究した古いタイプの漢学者と違って、自在に中国語を話し、また書いた。若い修業時代の彼の目標は、中国人になりきることだった。さらに彼は、世界文学の視野の中で中国文学を位置づける態度を一貫して持ち続けた。この『漢文の話』は、一九六二年、学者として円熟期にあった五十八歳の吉川が、漢文に関心を持つ一般読者を対象として書いたものである。いわば最高の手練《てだ》れによる「漢文入門書」である。しかし、単に漢文読解の技術を指南する学習参考書と異なるのは、まず序章で我々日本人の祖先がいかに漢文を愛好したかを、事実に即して示したあと、「漢文を読む心得のはじめ」でいきなり漢文の本質に切りこむことである。一言でいえば、「見なれない漢字がふんだんにとび出すこと」に目を奪われず、「文章の上下をみつめること」によって理解を深める「直感を養う」のが何より大切であること、また「漢文の文法が簡単であり、簡単であるゆえに合理的でさえあること」(三九ページ)を実証して、読者を説得するのが、本書の大きな目的であるといってよい。上篇はそうした漢文の基本的な性質を説く基礎篇であり、下篇はそれを各種の文章を通じて実証する応用篇である。

中国の文章語である漢文の性質を、著者は上篇で簡潔とリズムの両面から説いているが、伝統的な漢文訓読の歴史を顧みれば、リズムの問題には特に留意する必要があろう。漢文は中国語のリズムに則って書かれた文章語だが、前述したように、日本人はそれを日本語の語序に従って直訳しながら理解してきた。訓読された文章はすでに日本語であり、そこに流れるのは紛れもない日本語のリズムに他ならない。訓読法になじんでしまうと、漢文をあたかも日本語の文章の一種と錯覚する意識に支配され、往々にしてそれが外国語の文章であることを忘れてしまう。そして、そこから日本語に引きつけた無理な理解が生ずることを免れない。これは訓読法に伴うマイナス面として、利用者が常に心しておかなければならないことである。

中国留学を終えて帰国した青年期の吉川は、「訓読法を廃して、中国語音で直読すること」を、自分の勉学のモットーと定めて実践した。中国の文章語で書かれた文献を、中国人が中国語のリズムを通して理解するのと同じ方法で、本書の表現を借りれば「文章の上下をみつめることに専心した」（三五ページ）のである。吉川の初期の業績である現代語訳『尚書正義』などは、この方法に徹することによって成し遂げられたものである。吉川が戦後長く教授を務めた京都大学において学生を指導するに当たっても、中国語のリズムから考えることを厳しく徹底させた。中国語による音読は、いまでは中国文学の講座を有する大学で普遍的に実施されている方法だが、吉川などがそれを始めた当時は、まだごく少数の実験的な試みに過ぎなかった。そもそも戦前の漢学者は、中国語を知らないのがむしろ普通だった。

しかし、吉川は決して訓読法を放棄したわけではなかった。それは戦後の彼の著作を見れば、すぐに分かることである。中国文学の専門家はもちろん音読によって理解することが欠かせないが、我々の祖先が長く育んできた訓読にももちろん独自の長所があり、その限界をよくわきまえて用いれば、訓読もなかなか有用なものだ、というのが彼の至り得た認識ではなかったか。つまり、否定をくぐり抜けて再認識された訓読法の有用性である。「こうしたリズムの美の、完全な把握は、訓読では残念ながらむつかしい。中国の原音で読むのを理想とする」(七四ページ)といいつつ、「訓読でもその呼吸をつかむことが、全然困難ではないこと」を、多くの例文を用いて初学者にも分かりやすく説き明かすべく、著者は努めている。とりわけ、「もっとも注意すべきことは、こうしたリズムの組成のために、助字がしばしば作用することである」（同上）というのは、傾聴に値する。少し注意して本書を読んでみれば、至るところにその実例による指摘が見えることに気づくだろう。まことにリズムこそは、本書を読むためのキイワードといってよい。

本書は、一九六二年一二月、そのころ筑摩書房から創刊されたグリーンベルト・シリーズという新書版のために書き下ろされて、はじめて世に出た。その後、一九八六年には、ちくま文庫の一冊に収められた。そして、ここに三たび装を新たにして刊行されることになった。今回の新版では、『吉川幸次郎全集』第二巻「中国通説篇」（一九六八年）を底本とし、文庫版の誤りを正した。いま久しぶりに読み返してみても、漢文の美しさと魅力を説く著者の情熱は少しも色あせていない。本書がことに若い世代の読者に、漢文への新しい関心を呼び起こすきっかけとなることを期待したい。

二〇〇六年八月

この作品は一九六八年一二月二五日刊の『吉川幸次郎全集』第二巻を底本とし、読みやすさを考慮し一部ルビを補った。

漢詩の魅力　石川忠久
陶淵明、李白、杜甫など大詩人の人間像とその名詩名作の真髄に第一人者が迫った、漢詩鑑賞読本の決定版。代表的な日本漢詩を含む130首を収録。

江藤淳コレクション（全4巻・分売不可）　江藤淳　福田和也編
人生と言葉を鮮やかに捉え、存在の核に肉薄した江藤淳。戦後日本を代表する文芸評論家の全容を提示する愛弟子による文庫オリジナル。

小説家夏目漱石　大岡昇平
処女作『吾輩は猫である』から遺作『明暗』に至る小説をテクストに即して精緻に分析する、著者三十年にわたる漱石論の集大成。（菅野昭正）

日本文学史序説（上）　加藤周一
日本文学の特徴、その歴史的発展や固有の構造を浮き上がらせて、万葉の時代から源氏・今昔・能・狂言を経て、江戸時代の徂徠や俳諧まで。

日本文学史序説（下）　加藤周一
従来の文壇史やジャンル史などの枠組みを超えて、幅広い視座に立ち、江戸町人の時代から、国学や蘭学を経て、維新・明治、現代の大江まで。

書物の近代　紅野謙介
書物にフェティッシュを求める漱石、リアリズムに徹し書物の個性を無化した藤村。モノ—書物に顕現するもう一つの近代文学史。（川口晴美）

明治の話題　柴田宵曲
博覧強記にしてゆかしい佇まい。明治書生の心と姿をそのままに生きた著者が遠く明治を振り返る。風俗史料としても貴重な一冊。（川本三郎）

明治風物誌　柴田宵曲
人力車、煙管、居合抜、パノラマ。明治の事物習俗について、文学作品と作家のエピソードを織りこみつつ床しく綴った珠玉の随筆。（加藤郁乎）

奇談異聞辞典　柴田宵曲編
ろくろっ首、化け物屋敷、狐火、天狗。古今の書に精通した宵曲が、江戸の随筆から奇にして怪なる話を選り抜いて集大成した、妖しく魅惑的な辞典。

**あるヒステリー分析の断片**　ジークムント・フロイト　金関猛訳

『ヒステリー研究』と『夢解釈』の交差点に立つフロイトの代表的症例研究。疾病利得、転移、症状と性衝動など、精神分析の基本的知見がここに。

**教育と選抜の社会史**　天野郁夫

教育の一般化による進学率増加が学歴社会を生んだ。日本における選抜に光を当て、学歴主義の成立と展開を跡付ける名著。（苅谷剛彦　広田照幸）

**ハマータウンの野郎ども**　ポール・ウィリス　熊沢誠／山田潤訳

イギリス中等学校〝就職組〟の闊達でしたたかな反抗ぶりに根底的な批判を読みとり、教育の社会秩序再生産機能を徹底分析する。（乾彰夫）

**新編 教室をいきいきと①②**　大村はま

教室でのことばづかいから作文学習・テストまで。創造的で新鮮な授業の地平を切り開いた著者が、とっておきの工夫と指導を語る実践的な教育書。

**新編 教えるということ**　大村はま

ユニークで実践的な指導で定評のある著者が、教師の仕事のあれこれや魅力のある教室作りについて、きびしくかつ暖かく説く、若い教師必読の一冊。

**日本の教師に伝えたいこと**　大村はま

子どもたちを動かす迫力と、人を育てる本当の工夫に満ちた授業とは。実り多い学習のために、すべての教育者に贈る実践の書。（苅谷剛彦）

**古文の読解**　小西甚一

碩学の愛情が溢れる、伝説の参考書。魅力的な読み物でもあり、古典を味わうための最適なガイドになる一冊。（武藤康史）

**教師のためのからだとことば考**　竹内敏晴

ことばが沈黙するとき、からだが語り始める。キレる子どもたちと教員の心身状況を見つめ、からだと心の内的調和を探る。（芹沢俊介）

**新釈 現代文**　高田瑞穂

現代文を読むのに必要な「たった一つのこと」とは……。戦後20年以上も定番であり続けた伝説の大学受験国語参考書が、ついに復刊。（石原千秋）

異文化としての子ども　本田和子
既成の児童観から自由な立場で、私たち大人を挑発する子どもたちの世界を探訪し、その存在の異人性・他者性を浮き彫りにする。（川本三郎）

アクセルの城　エドマンド・ウィルソン　土岐恒二訳
プルースト、ジョイス、ヴァレリーらの作品の重要性をいち早く評価し、現代文学における象徴主義的傾向を批判した先駆的論考。（篠田一士）

日本とアジア　竹内好
西欧化だけが日本の近代化の道だったのか。魯迅を敬愛する思想家が、日本の近代化、中国観・アジア観を鋭く問い直した評論集。（加藤祐三）

文学と悪　ジョルジュ・バタイユ　山本功訳
文学にとって至高のものとは、悪の極限を掘りあてることではないのか。サド、プルースト、カフカなど八人の作家を巡る論考。（吉本隆明）

ルバイヤット　オマル・ハイヤーム　ジャスティン・マッカーシー英訳　片野文吉訳
人生の無常・宿命・酒への讃美を詠い、世界中で愛読されている十一世紀ペルシャの詩集。本書は、格調高い唯一の文語体・散文訳。（南條竹則）

プルタルコス英雄伝（全3巻）　プルタルコス　村川堅太郎編
デルフォイの最高神官、故国の栄光を懐かしみつつローマの平和を享受した〝最後のギリシア人〟プルタルコスが生き生きと描く英雄たちの姿。

ギルガメシュ叙事詩　矢島文夫訳
ニネベ出土の粘土書板に初期楔形文字で記された英雄ギルガメシュの波乱万丈の物語。「イシュタルの冥界下り」を併録。最古の文学の初の邦訳。

漢文の話　吉川幸次郎
日本人の教養に深く根ざす漢文を歴史的に説き起こし、その由来、美しさ、読む心得や特徴を平明に解説する。贅沢で最良の入門書。（興膳宏）

読書の学　吉川幸次郎
『論語』をはじめ史書、漢詩などを取り上げ、その内的事実に立ち入り「著者を読む」実践を行う。中国文学の巨人が説く読書と思索。（興膳宏）

「論語」の話　吉川幸次郎

人間の可能性を信じ、前進するのを使命であると考えた孔子。その思想と人生を「論語」から読み解く中国文学の碩学による最高の入門書。

陶淵明伝　吉川幸次郎

官界を嫌い、野にあって酒を愛し、自由を謳った陶淵明。この稀代の詩人と正対し作品の味読を通してその文学世界と生涯に迫る。（一海知義）

朝鮮民族を読み解く　古田博司

彼らに共通する思考行動様式とは何か。なぜ日本人はそれに違和感を覚えるのか。体験から説き明かす朝鮮文化理解のための入門書。（木村幹）

天上大風　堀田善衞　紅野謙介編

現代日本を代表する文学者が前世紀最後の十二年間を凝視し、自らの人生と言葉をめぐる経験と思索を注ぎ込んだ同時代評より、全七一篇を精選。

国語辞典の名語釈　武藤康史

時代と共に姿を変える言葉の数々を辞書の語釈に読み取り、その名語釈を楽しもう。語釈にこだわった人々の逸話も満載。前代未聞の国語辞典年表付。

混沌からの表現　山崎正和

国際社会の中で日本人はいかに自らを表現し生きていけばよいのか。日本の歴史を見つめ文化を吟味し、私たちの行方を示すよき文明評論。

「戦艦大和」と戦後　吉田満　保阪正康編

栄光と悲惨の歴史的ドキュメント「戦艦大和ノ最期」と、日本という国のあり方、日本人の生き方を考える珠玉のエッセーを集成。（保阪正康）

ニッポン日記　マーク・ゲイン　井本威夫訳

天皇の人間宣言、新憲法発布、食糧メーデー……。敗戦直後の混乱と激動の現場に立ち会った特派記者の眼が捉えた日本占領の実態。（中野好夫）

虜人日記　小松真一

一人の軍属が豊富な絵とともに克明に記したジャングルでの逃亡生活と収容所での捕虜体験。戦争の真実、人間の本性とは何なのか。（山本七平）

**アイヌの昔話**　稲田浩二編

アイヌ族が遠い祖先から受け継いだ韻文のユーカラと散文のウェペケレの中から最も愛されているものを選び「昔話」の名で編集。文庫オリジナル。

**異人論**　小松和彦

「異人殺し」のフォークロアの解析を通し、隠蔽され続けてきた日本文化の「闇」の領野を透視する。新しい民俗学誕生を告げる書。（中沢新一）

**聴耳草紙**　佐々木喜善

昔話発掘の先駆者として「日本のグリム」とも呼ばれる著者の代表作。故郷・遠野の昔話を語り口を生かして綴った183篇。（益田勝実・石井正己）

**百鬼夜行の見える都市**　田中貴子

古代末から中世にかけ頻発した怪異現象・百鬼夜行を手掛りに、平安京・京都という都市と王権が抱え込んできた闇に大胆に迫る。図版多数。（京極夏彦）

**汚穢と禁忌**　メアリ・ダグラス　塚本利明訳

穢れや不浄を通し、秩序や無秩序、存在と非存在、生と死などの構造を解明。その文化のもつ体系的宇宙観に丹念に迫る古典的名著。（中沢新一）

**初版 金枝篇（上）**　J・G・フレイザー　吉川信訳

人類の多様な宗教的想像力が生み出した多様な事例を収集し、その普遍的説明を試みた社会人類学最大の古典。膨大な註を含む初版の本邦初訳。

**初版 金枝篇（下）**　J・G・フレイザー　吉川信訳

なぜ祭司は前任者を殺さねばならないのか？　そして、殺す前になぜ〈黄金の枝〉を折り取るのか？　事例の博捜の末、探索行は謎の核心に迫る。

**火の起原の神話**　J・G・フレイザー　青江舜二郎訳

人類はいかにして火を手に入れたのか。世界各地より夥しい神話や伝説を渉猟し、文明初期の人類の精神世界を探った名著。（前田耕作）

**妖怪の民俗学**　宮田登

妖怪はいつ、どこに現われるのか。江戸の頃から最近の都市空間の魔性まで、人知では解し難い不思議な怪異現象を探求する好著。（常光徹）

**南方熊楠随筆集**　益田勝実編

博覧強記にして奔放不羈、稀代の天才にして孤高の自由人・南方熊楠。この猥雑なまでに豊饒な不世出の頭脳のエッセンス。（益田勝実）

**贈与論**　マルセル・モース　吉田禎吾／江川純一訳

「贈与と交換こそが根源的人類社会を創出した」。人類学、宗教学、経済学ほか諸学に多大の影響を与えた不朽の名著、待望の新訳決定版。

**象徴天皇という物語**　赤坂憲雄

天皇とはどんな存在なのか。和辻、三島、柳田、折口らの論を検証しながら象徴天皇制の根源に厳しく迫る、天皇論の基本図書。（中野正志）

**日本中世都市の世界**　網野善彦

自由、流通、自治等中世の諸問題を実証的に追究し、非農業民、都市民の世界である新たな中世社会像を提唱する画期的な論集。（桜井英治）

**日本の歴史をよみなおす（全）**　網野善彦

中世日本に新しい光をあて、その真実と多彩な横顔を平明に語り、日本社会のイメージを根本から問い直す。超ロングセラーを続編と併せ文庫化。

**日本史への挑戦**　森浩一　網野善彦

関東は貧しき鄙か？　否！　古代考古学と中世史の巨頭が、関東の独自な発展の歴史を掘り起こし、豊かな個性を明らかにする、刺激的な対論。

**山の民・川の民**　井上鋭夫

中世以前、山河に住む人々はいかに生き、その後どんな運命を辿ったのか。非農業民に逸早く光をあて中世史の新展開を導いた名著。（赤坂憲雄）

**敗者の戦後**　入江隆則

ナポレオン戦争のフランス、第一次大戦のドイツの戦後を日本の場合と比較し、「戦後」の普遍化をめざす文明史的試み。（長谷川三千子）

**定本 武江年表**（全3巻・分売不可）　斎藤月岑　今井金吾校訂

江戸の成り立ちから幕末、明治維新期までの臨場感溢れる貴重な記録。地理の変化、風俗の変遷、事物の起源などを、その背景とともに生き生きと描く。

ちくま学芸文庫


漢文《かんぶん》の話《はなし》

二〇〇六年十月 十 日 第一刷発行
二〇一〇年六月二十日 第四刷発行

著 者 吉川幸次郎（よしかわ・こうじろう）
発行者 菊池明郎
発行所 株式会社 筑摩書房
東京都台東区蔵前二―五―三 〒一一一―八七五五
振替〇〇一六〇―八―四一二三
装幀者 安野光雅
印刷所 株式会社精興社
製本所 株式会社積信堂

乱丁・落丁本の場合は、左記宛に御送付下さい。
送料小社負担でお取り替えいたします。
ご注文・お問い合わせも左記へお願いします。
筑摩書房サービスセンター
埼玉県さいたま市北区櫛引町二―六〇四 〒三三一―八五〇七
電話番号 〇四八―六五一―〇〇五三


© ZENSHI-KINENKAI 2006 Printed in Japan


ISBN4-480-09027-4 C0195